サベージファングお嬢様
2
史上最強の傭兵は史上最凶の暴虐令嬢となって
二度目の世界を無双する
コレッ
武力で名を馳せる
帝国の皇女。自身を
救出した少女・ミレーヌの
を目の当たりにした結果、彼女
に対して友情以上の感情を抱
くようになった
魅惑の皇女

the Tale of
Little Lady Who Conceals
"Savage Fang" 2

Contents

戦神の降臨
そこには白金に朱を混じらせた
光の剣が生み出されていた。
その輝きが、魔力を込めるごとに
力を増していく――！
「ケリつけようぜ。
三文芝居も――
これで終わりだ――ッ！」

「いらっしゃいませ！　何名様でお越しですか？」
「あまり見ないでください……こ、こんなの仮にも王子の姿じゃないですよぉ……」
Melissa
メリッサ
神の声を聴くことができる聖なる巫女にして、ミレーヌたちの級友。『スルベリアの髪』を持つミレーヌが世界に影響を及ぼすという神託を受け、彼女に接触を図る
「私達の美しさを存分に見せつけてやろうじゃないか」
「ここまできたら、割り切れずにいる方がかえって恥ずかしいというものですわ」
Albert
アルベール
ミレーヌに対して恋心を超越した畏敬の念を抱いている、イルタニア王国の王子。麗しの美少女にも見えるその容姿を理由に、ミレーヌに振り回されることもしばしば
Mylene
ミレーヌ
《野蛮なる牙《サベージファング》》の異名を持つ伝説の傭兵の戦闘力を身に宿しながら、神に愛されし魔力の才を誇る、転生令嬢。自身が身を置く魔法学園のイベントの出し物に頭を悩ませる
乙女の試練

サベージファングお嬢様２

史上最強の傭兵は史上最凶の暴虐令嬢となって二度目の世界を無双する

赤石赫々

ファンタジア文庫

3135

口絵・本文イラスト　かやはら

ザ・ファング
お嬢様
Savage Fang
the Tale of Little Lady Who Conceals
史上最強の傭兵は史上最凶の暴虐令嬢となって
二度目の世界を無双する
2

プロローグ　狂信者は影を征《ゆ》く

陽《ひ》の光が差し込まぬ、石造りの部屋。

蝋燭《ろうそく》の火が無骨な石壁を黄昏《たそがれ》色に染める中、暗雲の如《ごと》き人影がいくつか浮かび上がっていた。

「ペールマンが敗れたのは予想外でしたね」

男性とも女性ともつかない中性的な声が柔和に響いたのは、フード付きローブが作る深い影の中からであった。

紡《つむ》がれた名は、本来ここにあるべきであった〝顔〟の持つ名前である。

「そうですか？　荒事にはしばらく縁がなかったみたいですからねえ、あのヒト」

「だがその実力は本物だ。ディア・ミィルスとの適合も上手《うま》くいっていた」

「油断をするような性格でもないからね。結構信頼してたんだけど」

その声に同調、あるいは反駁《はんばく》する声が意見として交わされる。

それらの声は概《おおむ》ね、同調に分類されるものだった。

ペールマン。それは、ゼルフォアの貴族学校に通う子女達の間に禁制の『魔薬』を流行させた教師の名前だ。

しかしその実態は、邪教団『月の神々』の大幹部だ。強大な魔力を持ち、邪教の神をその身に下ろす力を持った強大な魔術師であった。

「やはり想定外といったところでしょうか。忌《い》まわしき『イルタニアの寵児《ちょうじ》』のその力、侮《あなど》る事はできないようです」

その魔術師が、たった一人の少女に打ち倒された。

今彼らがこの一室に集まっているのは、ありえないはずの事が起きたからだ。

「しかし解《げ》せませんねえ。ミレーヌ＝ペトゥレといえば、放っておいても破滅するような、悪辣で自堕落な女だと聞きましたが。友のためにペールマンさんほどのヒトまで倒しちゃうってのはイメージと違うような」

軽薄そうな男が、紙の束を軽く叩《たた》く。

男の言葉に、中性的な声の人物が腕を組み直した。

「そこです。報告によれば、ある時を境にがらりと性格が変わったとか」

「十中八九『イルタニア』がなにかしたのだろう。全くもって忌々《いまいま》しい！」

ひときわ大きな体軀《たいく》を持つ男が、声を荒らげる。

その言葉に、フード付きローブの人物達は一様に頷《うなず》きを見せた。

心底『イルタニア』が憎いのだろう、炎に照らされた口元は歪《ゆが》んでいる。

「ですが放っておくわけにはいきません。イルタニアが心血を注いで作った『器《うつわ》』は我らが主《あるじ》にこそ相応《ふさわ》しいモノ。主神レーゼヴェルクの完全なる復活のためには、最高の器を用意せねばならない。――ミレーヌ＝ペトゥレは、死なねばならないのです」

物腰は柔らかながらも、その言葉には濁り淀《よど》んだ敵意が含まれていた。

それはイルタニアだけではなく『ミレーヌ』に対してさえも。

「考えるほどに小癪《こしゃく》だな。イルタニアめが余計な事をせねば自《おの》ずと堕落し、破滅し――放っておいても我らが望むようになったものを」

「聞けば今のミレーヌ＝ペトゥレは鍛錬に余念がないとか。現状でさえペールマンさんを打ち倒すほどだ、『神降ろし』でも身につけてしまえばコトでしょう。手がつけられなくなる前になんとかしたほうがいいと思いますがねえ」

「早めに手を打つ必要がある、と？」

重苦しい空気の中、場違いに明るい声を発する軽薄そうな男が暗闇の中に笑みを浮かび上がらせる。

「仮にも『大師』が一人やられてるんです、警戒はしておくに越した事はないでしょう？」

「……一理ある。たかが小娘と侮ってはいられぬという事か」

軽薄そうな男の声とは裏腹に、それを受ける者達の声は重苦しい。

事態をそれだけ大きく見ているのだろう。しかしなおも、男は嬉々《きき》とした声で続ける。

「そこでどうでしょう？『餓狼《がろう》』を使ってみるというのは」

「ム……」

『餓狼』。その名に唸《うな》り声を上げたのは大柄の男性だ。

「彼はまだ調整中です。それはできません。その性質上、万が一にも失敗は許されない。それは分かりますね」

だがその悩みを断ち切るように、穏やかな声が強い意志で提案を否定する。

「分かってはいますがね。それでイルタニアの狗《いぬ》に負けるようならば所詮はその程度の存在ってコトでしょう？」

「不敬ですよヴィクトー。それに――」

穏やかな声が、その声の音階を落とす。

重苦しい空気を含ませて、継がれる言葉には――

「むしろ恐ろしいのはその逆。『彼』が力を制御できなければ、混沌《こんとん》を通り越して全てが無に帰しかねない。……わきまえなさい。私達は、意思を持つ災害を前に傅《かしず》いているのです」

「へえ、それは失礼しました。それほどの存在ならば、なおの事一度この眼で確かめてみたいものですがね」

ヴィクトーと名前を呼ばれた男は、なおも慇懃《いんぎん》無礼《ぶれい》を崩さずに戯《おど》けた様子で謝罪をする。にらみ合う両者に、邪悪な魔力が薫《くゆ》る――が、まるで蝋燭の火を吹き消すように、お互いの魔力はかき消された。

「……まあよいでしょう。貴方《あなた》のような者が存在するのもまた混沌。我らが主神の教義が内です」

「ですよねえ。そんなところが気に入っているからこの場に身を置かせてもらっているワケですし」

皮肉げに両手を広げるヴィクトーに対し、中性的な声の人物は小さく鼻を鳴らした。だがそこに、嫌みな色は含まれていない。

「僕は神様なんてどうでもいいんですがね、貴方がたが伝える教義には非常に共感ができるし、同じ志の人達が集まって作る世界にも大いに興味があるんですよ。理想の世が来るまで、協力は惜しまないつもりです」

吟じるように、ヴィクトーは胸に手を当て身を乗り出す。

その様子に幾つかの鼻が鳴った。

「それは重畳です。では、具体的にどう手を貸してくださるのですか」

一方で、若干の呆《あき》れをその声に混じらせつつも、穏やかな声は凪《なぎ》の水面《みなも》を保っている。

お互いに、ある程度予想していたやり取りだったのだろう。身を乗り出したヴィクトーの口角が愉悦に歪む。

その一言を待っていた。舞台袖から上がる演者のように、大仰に取り去られたフードの下から現れた面貌は、輝かんばかりの美丈夫であった。

「かの『狗』の征伐、このヴィクトー＝ルドランドが行きましょう。聞くに、イルタニアの『狗』は人心を惑わすほどの美貌を持っているとの事。やがて主君が降りるという神の器、是非この眼《め》で見てみたい」

少年のような表情で、ヴィクトーは笑った。

線の細い美男子が幼気《いたいけ》に笑う様《さま》は、男女を問わず道行く人々が振り返るほどに美しいものだったが、輝かしい笑顔にはめ込まれた瞳はヘドロのように混沌とした濁りを湛《たた》えている。

「……なるほど、それが目的でしたか」

「あわよくば『餓狼』の出来を見てみたいというのもありましたがね。荒事は俺も得意じゃありませんが、殺しに関してはペールマンさんよりも慣れているつもりです」

「ええ、ええ、そうでしょう。貴方の手口の鮮やかさと悪辣さは主神も気に入っておられるはずです」

だが、この場にいるのは誰もが似たようなモノだ。

殺しは慣れていると平然と言い放つ男と、それを当たり前のように認める者。

いっそ優しそうにさえ聞こえる穏やかな声の持ち主でさえ、正常とは言い難《がた》い倫理観で言葉を発している。

「では『神の狗』に関してはひとまず貴方に任せるとしましょう。方法は任せます。どの道我々の存在は明るみに出つつある。こうなれば、派手なくらいが新しい時代の幕開けとしては相応《ふさわ》しいでしょう」

「そういう事ならばおまかせを。派手な演劇は俺の得意分野だ」

「そうでしょうとも。では任せますよ、ヴィクトー」

「承知しました。主神レーゼヴェルクに捧《ささ》げる芝居、このヴィクトーが演じてご覧にいれましょう。それに先立って、腕が立つ者をお借りしても？」

「構いません。期待しています」

その言葉に満足そうに笑みを浮かべてから、ヴィクトーは役者がするような大仰な敬礼をし、大きく踵《かかと》を打ち鳴らして体の向きを変える。

ひらひらと背後に向けて手を振りながら部屋を後にするヴィクトーの様子は、軽薄そうな先程の様子に戻っていた。

「殺し慣れているというのは伊達《だて》ではありませんね」

その背を見送り、中性的な人物は呟《つぶや》いた。

「『悲劇の父』ヴィクトー。信心は浅いですが、我らが主神の教義に心から賛同し、実践しているのは見事なものです」

中性的な声の人物は立ち上がり、円卓に背を向ける。

その視線の先には——円卓を見下ろすように、獣頭人身の像が鎮座していた。

「生命とは流動する事である。ひとところに止《とど》まる水は遠からず淀み、腐ります。また、生物も常に血が巡っていなければならない。血の流れが止まれば、それは即《すなわ》ち死ぬという事です。——そうならぬよう、世界は常に流動していなければならない」

再び振り返った中性的な人物が、残りの大幹部——『大師』達をそれぞれ一瞥《いちべつ》する。

「我々は鼓動です。この世界に残された、小さな心の臓です。世界が淀み腐る前に、安寧という『停滞』を齎《もたら》すイルタニアを打倒し、混沌という『変化』に満ち溢《あふ》れた世界に戻さねばなりません」

ゆっくりと、手を挙げる。

穏やかながらも、確かな狂熱を感じさせせながら。

「我らが『月の神々』に、主神レーゼヴェルクに栄光あれ」

「混沌の世を！」

「流動する世界たれ」

――狂信者達は、動き出している。

お嬢様 2

“Savage Fang”

the Tale of Little Lady Who Conceals

AUTHOR 赤石赫々

ILLUSTRATOR かやはら

DESIGN KAI SUGIYAMA

第一話　日常

学園を騒がせた『魔薬流通事件』から暫《しばら》くの時が経《た》った。

数ヶ月という程どの時間さえ経っちゃいねえが、それでも当時の事件を覚えている生徒は後ろめたさを抱えた当事者くらいで、教師達も身内が原因の不祥事を忘れようと必死なようだった。

時に厳しく、時に優しく——いかにも人気が出そうな教師の皮を被《かぶ》っていた『ペールマン』という男の名前が忘れ去られるのも時間の問題だろう。

だが、それでもペールマンの事をはっきりと覚えている者もいる。

当然その一人は俺だ。二度目の人生を迎えてからというもの平和ボケした日常を送っちゃいるが、その平和を脅《おびや》かす『敵』達の事をすっぱり忘れて暮らせるほどお気楽な性格はしてねえ。

では後の者はというと——

「はあ……はあ……ッ！　まだだ！」

「合わせます……！　コレット皇女っ！」

コレットとアルベールの我が友人の王族、その二人だ。

激しい魔力を放出しながら、訓練用の木剣にもその魔力を纏《まと》わせて、細く引き締まった肢体を躍らせるコレット。やや力が劣る事を自覚しつつも、それ故に戦力で優れるコレットを最大限にサポートする形で息を合わせるアルベール。

それを受けるのは、この俺だ。

自分達の余力が少ない事を悟ったアルベールが、魔力を全開にして切り込んでくる。

俺に何らかの対応を迫り、そこで生まれるであろう隙をコレットに突かせるというのが狙いだろう。

男だから、女だから――などという意地に縛られず、優れた者を立てる柔軟な思考に感心する。気の弱さじゃない、それが最も効率的であるからこそ躊躇《ためら》いなく自らを捨て石にする気概はなかなかのものだ。

大きな横薙《よこな》ぎの剣を、上体を反らす事で避《さ》ける。攻撃は外れたが、アルベールはそのまま切り込みの勢いを生かして俺の背後へと向かい、コレットとの挟み撃ちを図ったようだ。

コレットとて、急造のコンビながらアルベールの意図は理解している。共に優れた剣士だ、出した答えは同じというワケである。

背後のアルベールの様子は分からないが、コレットの視線で、一瞬だけ合図を交わしたのが見える。

血筋と、才能、そして努力によって育まれた凄《すさ》まじい魔力がコレットから噴き上がる。

アルベールに対応しながらの片手間じゃあ防げない一撃になるだろう。

それ故に、俺は——

コレットを迎え撃つその前に、後方へと転回する。

「なっ……ふべっ⁉」

大仰な動きに困惑するアルベールだが、その直後に顎を打ち据えられて苦悶《くもん》の声を上げる。

後方へと転回する最中《さなか》、アルベールを蹴飛ばしたのだ。蹴りの衝撃でアルベールの軽い体は宙へと浮き上がり、そして背後で地面に落下した音がする。

俺は転回の勢いのまま立ち姿勢へと戻り、十分に構え直してからコレットの剣を迎え撃った。

「くっ……！」

「いい剣です。技術だけではない、魔力の方も成長なされましたわね」

コレットの剣を受け止める形になった俺だが、苦々しい息を漏らしたのはコレットの方であった。

剣を振り下ろしたコレット、それを受け止めた俺。徐々に押し返していくと、コレットと俺の頭の高さが釣り合い、そして逆転していく。

強烈な重圧にコレットが疲労を見せたその瞬間、俺はコレットの剣を勢いよく弾《はじ》き飛ばした。

「あっ！」

突然走る痺《しび》れにも似た衝撃に、コレットが驚愕《きょうがく》の声を上げる。

木剣が舞い、石畳に打ち付けられて快音が鳴る。その間に、俺は十分余裕を持った緩やかな動きで、木剣を突きつけた。

「勝負あり、ですわね。気迫、戦術共に前回よりも更に練り上げられたご様子。お見事でした」

ふっと表情を緩め、木剣をベルトに掛けてからコレットに手を差し伸べる。

暫く呆《ほう》けていた表情だったコレットは、口角を歪《ゆが》めてから、手をとった。

「ああ、くそ！　まだ勝てないかッ！」

思い切り悔しそうに叫んで、気分を切り替えたのだろう。コレットは笑みを浮かべる。

「……見事だ！　今回は自信があったのだが、二人がかりでもまだ届かないか！」

「いたた……ぼくもです。ミレーヌ様には勝てないと思いながらも、もう少し善戦できるかと思っていたのですが、手心を加えていただいてもまだ余裕を残しておられるとは……」

コレットの手を引いて立ち上がらせると、そこに顎を擦《さす》るアルベールがやってくる。

二人からの賛辞にむず痒《がゆ》さを感じつつも、俺は平静を顔に張り付けて返した。

「どちらかといえば私の剣術は一対多を想定したものですから」

俺の剣術は傭兵《ようへい》という仕事を意識した一対多、あるいは多対多が本領だ。

『ミレーヌ』として二度目の人生を歩み始める前、『前の歴史』で傭兵をしていた頃には、一対多数の戦闘が当たり前だった。

本格的に連携を学んだわけではないコレット達が相手ならば、魔力の量を二人に合わせて加減してもまだ余裕が残る。

「そもそも連携というのは非常に高度な特殊技能ですから。連携の最大の利点は同時攻撃ですが、同時に攻撃をする際はどうしても相方の位置が気になってしまったり、時には邪魔になってしまったりもするでしょう？　確かに私も魔力を抑えてはいましたが、お二人もまた全力は出せなかったのではないでしょうか」

「ふむ……そう言われれば、そうだな。連携を単純な一足す一にするには熟達が必要であるという事か」

「確かに味方の存在というのもまた、考えねばならない事を増やしているのかもしれませんね」

「その通りです。やはりお二人とも呑《の》み込みが早くていらっしゃいますね。大変結構ですわ」

出来の良《い》い生徒達に、思わず笑みが零《こぼ》れる。

――『月の神々』の一件があってから、俺はアルベールとコレットに請《こ》われて正式に『稽古』をつけるようになっていた。

前から放課後に鍛錬をするのは日課で、そこにアルベールとコレットが交じるのは珍しい事ではなかったのだが、コレットとは飽くまで好敵手という関係性だったので、軽い手合わせや助言をする事はあっても、モノを教える立場にはなかったのだ。

それが今や、コレットはわざわざ改まって俺に頭を下げ、魔術や剣術の手ほどきを受けている。

「二度とあのような無様を晒《さら》したくはないからな。必死にもなるさ」

そうさせているのが、あのペールマンとの一幕だ。

人智《じんち》を超えた魔力を持つ邪教団の存在、そして一度は囚《とら》われの身になった経験が、プライドが高いコレットに好敵手から教えを乞うという選択を取らせた。

「僕もそうです。今度は胸を張って『僕がミレーヌ様の助けになります』と、そう言いたいですからね」

アルベールもまた、前回の一件では力量不足を指摘されたのが響いていたらしい。可愛《かわい》らしい顔をしていながら、意外にも根性が据わっていやがるのは評価してやりたいところだ。

「……少なくとも、先程のような戦い方をしている内はお力を借りる事はございませんでしょうね。何度も申し上げますが、アルベール様はイルタニアの王子なのです。ご自身だけの命ではない事をご理解いただけませんと」

だが、それは一人の男としての話だ。

王子としては、あんな自分を捨て石にするような戦い方が認められるわけはない。

「う……も、もちろん実戦では控えますよ。他ならぬミレーヌ様の教えですから！」

「私の教えをというのならば、まず『実戦』が訪れている時点でおかしいと思って欲しいものですけれど」

「ううっ……！」

アルベールが倒れれば、イルタニアは国の威信にかけて仇討《あだう》ちをしなければならない。

そうなれば、それを利用して『月の神々』は混沌《こんとん》の世とやらの実現を推し進めるだろう。前の歴史のようなクソッたれな世界をだ。

このあたりは口を酸《す》っぱくして言っているのだが、どうにも治らねえのには頭を抱えるところだ。

……ここが裏庭とはいえ学校じゃなきゃ、人の眼《め》を気にする事なく、一喝して頭をぶん殴ってやるのだが——言葉遣いにさえ最大限気を遣っている状態で拳骨《げんこつ》なんぞ落とせるはずもない。『お嬢様』をやるのも楽じゃあねえ。

「まあそういじめてやるな。このくらいの気概がある方が男児としては見込みがあるじゃないか」

身を縮こまらせるアルベールに助け船を出すコレット……だが。

「私としてはコレット皇女にも、もう少し大人しくしていて欲しいものですけれど。仮にも他国の皇女様にあまり強くは言えないのがもどかしいところですわ」

俺としちゃ、コレットの方こそ無茶をしないで欲しいところだ。

コルオーンとイルタニアは二大強国なんて呼ばれているが、実際のところは平和ボケしたイルタニアと、現在も数十年おきに戦争をしているコルオーンとじゃ持っている力が違う。

もしもコレットが命を落とせば、怒り狂った獅子《しし》が暴れまわる事になる。

別に世界平和そのものに興味はねえが、世界中を巻き込むような戦だって起こりかねないってんじゃ他人事《ひとごと》のツラはしていられない。

「流石《さすが》はよく分かっている！　……まあ、ミレーヌが私の伴侶になるというならば、将来を捧《ささ》げる者の言う事を聞くというのもやぶさかではないが？」

言って聞かせられるものならばそれに越した事はない……とは思うのだが。

口を尖《とが》らせたコレットの窺《うかが》うような視線に、表情が歪む。

俺も女として過ごして長いが、根っこの部分はまだまだ男のつもりだ。コレットほど美しく、気《き》っ風《ぷ》のいい女と懇《ねんご》ろになるのに魅力を感じないわけはない。

「それ、まだ仰《おっしゃ》っていたのですか……？　ご容赦くださいまし。コルオーン皇女のお相手は、一介の貴族の娘には荷が勝ちますわ……」

だがそれ以上に、世界一の強大国の皇女様と一緒になるなんて面倒じゃ済まない事になるのは明白だ。

そもそもコルオーンが皇女の同性婚を認めるかってのも相当怪しいところだろう。とすれば俺の処遇は愛人として囲われるあたりが妥当なところか？　王宮のどこかに隠されて飼い殺しなんてのは、ゴメンだ。

「そ、そうですよ！　それにミレーヌ様は我がイルタニアの至宝！　恐れ多い事ですが、仮にも僕の許嫁《いいなずけ》なのですよ⁉」

それに加えて、一応俺はこいつの許嫁という立場である。他国の姫が略奪愛、なんて展開になればイルタニアのメンツは丸つぶれだ。イルタニアとコルオーンの関係はそれはひどい事になるだろう。

「障害が多いだろうという事は分かっている。それに今の私では、私自身がミレーヌの隣に並び立つ事を許容できん」

「障害だなんて軽い言葉で片付けないでくださいっ！」

「仕方がないだろう。愛の前には些細《ささい》な事だ」

幸い、コレットも賢い女だ。そのあたりも多少は理解しているようで、今すぐにどうこうというつもりはないようだ。

まあ将来的になにかしでかす気満々ってのは言葉の端々から伝わってくるのだが。

詰め寄るアルベールと、それをあしらうコレット。そんな小競《こぜ》り合いが暫《しばら》く続いていたのだが、ふとコレットが置き時計に眼をやる。

「っと、気がつけばこんな時間か。名残惜しいが、私は少し用事があるので失礼する」

どうやら用事があるらしい。だがふと、その言葉に違和感を覚える。

「おや、珍しいですね。コレット皇女がミレーヌ様とのお時間よりも用事を優先するとは。重要な用事なのですか？」

「……もしかして、以前の一件絡《がら》みとか？」

俺が抱いた違和感を、アルベールが言語化する。

言う通り、コレットは唯我独尊というか——やりたい事はやる、やりたくない事はやらないという、分かりやすいらしさがある。

それでいうと、この鍛錬の時間を途中で切り上げて『用事』を優先するというのは、非常に珍しい事だった。

コレットでも断れないほどの用事となると、俺には以前の『月の神々』との一件しか考えられなかった。

「ん……ああ、まあー……関係があると言えば、あるような、ないような……いや！　極めて個人的な用事なんだ。ふふ、心配してくれたのか？」

「……もしそうならば、私にも無関係ではないと思っただけですわ」

「またまた、ツレないな」

無邪気に鼻を鳴らすコレット。

どうやら本当に、気が重くなるような話ではないらしい。

単純に、コレットにも他に興味のある事があったという事だろう。

言われた通りなのは少し悔しいが、なにもないっていうのならそれに越した事はない。

とはいえ、やや焦《あせ》った様子でいるのは少々気にかかるが。何か後ろめたい事でもあるのだろうか？

「じゃあ、私はこれで失礼するよ。またな、ミレーヌ、アルベール王子」

「あっ……はい、また明日お会いしましょう、コレット皇女」

「お気をつけてお帰りくださいまし」

本人が話さない以上、考えたって仕方がねえ。

コレットは手を振って、俺達が鍛錬をする裏庭をそそくさと後にした。

さて、これを一区切りにして今日は鍛錬を終わりにしちまっても良いが――

「ミレーヌ様、この後はどうされますか？　もしご都合がよろしければ、もう少し手ほどきをお願いできると嬉《うれ》しいです。……せめて、まずはコレット皇女に追いつきたいですからね」

「ええ、そういう事ならば喜んでお付き合いいたしますわ」

やる気があるっていうのなら、付き合うのはやぶさかじゃあない。

自分よりも強えヤツに食《く》らいつこうって気概は、好みだ。

「フッ……さあ、どこからでもいらしてください」

そうして、再び俺は木剣を握る。アルベールに滾《たぎ》る魔力を見て、そして揺るがぬ構えから貧弱な王子が成長したもんだ……と、鼻を鳴らすのだった。

第二話　権力

「ありがとうございますミレーヌさま！　おかげでなんとかなりそうです」

「いえ、私の方こそよい復習の機会になりましたわ。何かございましたら、また是非来てくださいね」

礼を述べつつ勢いよく手を振って去っていく女子生徒に、笑みを張り付けて控えめに手を振る。

夜も遅くなってきて、談話室にはもう殆《ほとん》ど人が居なくなっている事に気がついた俺は、はしたないと言われない程度に腕を伸ばした。

気がつけば、もうじきに消灯時間だ。そんな時間までクラスメイトに魔術の勉強を――しかも猫を被《かぶ》りながら！　――教えるとは、我ながら丸くなったもんである。

……なんて、実のところ全部が全部伊達《だて》や酔狂でやっているんじゃあないわけだが。

極一部の生徒を除き、ゼルフォア魔法学園に通う生徒達は全員が貴族の子女だ。

ここで恩を売っておく……というのは少々大げさだが、そうではなくとも強い好印象を残せば、それが将来何かコネになるかもしれないという打算も含んでいる。

……まあ、言ったとおり復習目的というのも兼ねちゃいるんだが。

一年のカリキュラムってやつは殆どが基本の技術だ。既に自分で学んだ部分ではあるのだが、それでも知らずにすっ飛ばしていた部分もある。

そういう部分に関しては、俺も新たに学ぶ知識だ。誰かに教えるために口に出すというのは、知識を定着させるのに丁度良かった。

そんなわけで、こうして何かを聞きに来る生徒に勉強を教える、というのは夜時間の恒例になっていた。

俺も『お嬢様』が板についてきたもんだ、と。

もう数人しか残っていない談話室を見回す。

「……」

今日はそこに一つあるはずの姿がない。手を組み、重く息を吐き出す。

夕方の鍛錬の途中で姿を消したコレットとまだ会っていないのだ。

こうなると、用事の内容を聞いていなかったのが引っかかる。もしも俺達に言えないような事で、それが『月の神々』に関する事だとしたら――

「……ちっ」

思わず、舌打ちが漏れる。

ここが談話室だという事を忘れていたが、どうやら小さなそれを聞く者はいなかったようだ。

仮に聞かれていても、まずは聞き間違いを疑ってくれるだろうという程度には外面を良くしているつもりだが——心中で胸を撫《な》で下ろしつつも、モヤモヤとした気分が残る。

こんな事ならば、消灯時間が来る前にコレットの姿を捜しておけばよかった。こんな気分じゃ心地よく眠れそうにない。

仕方がない。消灯時間が訪れてから、コレットの姿を捜す事にしよう。

ため息と同時に一つ決心をして、立ち上がる。向かうのは割り当てられた自分の部屋だ。

ゼルフォア魔術学園の女子寮は——男子寮も同じだと聞いた事があるが——基本的に相部屋である。曲がりなりにも貴族の嬢ちゃん坊《ぼ》っちゃんが通う学校だ、何か間違いがあったら困るという事で、相部屋のもうひとりが監視の眼《め》を兼ねるようになっている。

とはいえ所詮は生徒同士じゃ監視にはなりゃしねえ。たまたま長い用足しに出ていたとかで、ごくたまに問題が起こるというのが恒例のようになっているらしい。

それを可能にするのが同室の生徒との交友関係というワケだ。

つまり、先程の談話室で稼いでいたような『貯金』が役に立つというワケである。

同室のホリー相手にも、それなりに貯金はあるはずだ。

ホリーというのはルームメイトである赤毛の純朴な少女だ。クラスは違うが、うるさくねえのでまあ上手《うま》くやっている――と。

今回も、事情を話せば協力をしてくれるはずだ。

「まったく面倒を掛けさせやがる――いや、俺が勝手に手を焼いてるのか」

廊下に誰もいない事を確認しながら、口の中で転がすような小声で呟《つぶや》く。

ガラにもねえ。そもそも例の一件絡みだと決まったわけではないのに、姿が見えないだけで何をイライラしてやがるのか。

昔の『俺』が見たら、ヘドが出るとでも言いそうだ。

自嘲的に鼻を鳴らし、たどり着いた自室のドアノブに手をかけ――俺は、表情から色を消した。

何かがいる。同室のホリーではない、何かが。

「……」

まさか直接来やがったというのか？

だとするならばコレットは？　ホリーはどうなった。

なるべく魔力の気配を消して、そして一気にドアを開く――！

「ミレーヌーっ！」

部屋に入ったその瞬間、何者かが俺の名前を呼びながら飛びかかってくる。

やはり『月の神々』――！　と、拳に魔力を纏《まと》わせたその瞬間、俺の眼に映ったのは――

「な……コレット!?」

夕方から姿を消していた友人、その姿だった。

虚を衝《つ》かれ、動きが硬直している間に強く抱きしめられる。

「て、てめえ今までどこに――！　なんでここにいやがる!?」

「うーん！　素のミレーヌだ！　最近は二人きりになる機会が少なかったから恋しかったぞ！」

「だー！　鬱陶しい、くっ付くな！」

力みすぎて傷をつけないように注意しつつコレットを引っ剝《ぺ》がそうとするのだが、力が強くてなかなか上手《うま》く引き剝《は》がす事ができない。

が、暫《しばら》くそうしているうちに、ふっとコレットから力が抜ける。

鬱陶しくなってきたところで解放され、拍子抜けする。

咳払《せきばら》いを一つして、満面の笑みのコレットに胡乱《うろん》な眼を向けた。

「はあ……ったく、なんでてめえがここにいるんだよ。夕方に珍しく先に帰ってってたと思ってたら、こんな時間まで姿を見せねえでいてよ」

調子が狂う。そんな風に思いながら雑に頭を掻《か》くと、コレットは笑みを優しげに変えて、鼻を鳴らした。

「ふふっ、分かるぞ。心配してくれたんだな？」

見透かしたようにそんな事を言われて、舌を打った。

全くその通りだクソッたれ。何も考えていないような天真爛漫《らんまん》さでありながら、人心の機微に気づく能力はれっきとした王族のそれというのが腹が立つ。

〝野蛮な牙《サベージファング》〟が聞いて呆《あき》れる。そうは思いながらも、実際にコレットがこう笑っているのを見て安堵《あんど》している自分がいる。

「ほざけ。……それで？　何もねえなら別にいいが——こんな時間に部屋まで訪ねてきたのはどういう用事があったんだ。流石《さすが》のコルオーンの御威光も寮母までは届かねえだろう？」

だが手玉に取られっぱなしというのも癪《しゃく》だ。

女子寮に住まう生徒達からは恐怖の対象として恐れられている寮母の名前を出しつつ、こんな時間にこんな場所にいる理由を問いただす。

するとコレットは満足そうに腕を組み、鼻から空気を吸った。

「用事はない！　それに特別ミレーヌを訪ねて来たわけでもないよ」

「あァ？」

要領を得ない答えに、左の眉が釣り上がる。

用はない、俺を訪ねて来たというわけでもない。ならば俺のルームメイトであるホリーを訪ねて来たのかというと、その本人がこの場にいない。

「ふふ……聡《さと》いキミなら気づくだろう？」

勝ち誇ったコレットの態度。これは――

「まさかお前……っ」

「消灯時間前に『自分の部屋』で待機しているのは、模範的な寮生だとは思わないか？」

なんらかの手段で、部屋割を変えさせたってのか……!?

ゼルフォア魔術学園は貴族の子女が通う学校だ。故にガキのワガママには慣れていて、ちょっとやそっとじゃ私的な希望を聞き入れる事はないという話だったが……

「……お前、あの一件を使ったな？　夕方の用事ってのもこれの事か……」

「おやおや人聞きが悪い。『あの一件が父上に知れたら困るな』と、そうぼやいてみせただけなのだがな？」

学園には急所がある。

大国コルオーンの皇女が魔薬を流通させていた邪教団に監禁され、あわや命を奪われる可能性もあったという大事件——それを、隠蔽したという事実が。

コルオーン皇女があわやという事件である、コルオーン本国に知られれば、国家レベルの大問題だ。

なんとも面《つら》の皮が厚い事だ。

事件の当事者もコレットならば、事件の隠蔽を主導したのもコレットだというのに、それを武器に自分のワガママを通すとは。

「使える手札は何でも使えという教え、身を以《もっ》て実践させてもらった。これでいつでも一緒だな、ミレーヌ！」

純粋無垢《むく》な笑みを浮かべるコレット。

だがそのやり口は言ってみりゃあ、自分自身の価値を分かった上で人質にするとでもいえば良いのか——非常に悪辣だ。無邪気な顔で当たり前のようにこんな手段を選ぶその姿に、未来の女帝の姿が見える。

それがイルタニアに向かない事を祈るばかりだが——

「はあ……」

それが自分への好意故と思えば、多少甘いツラをしてしまっても仕方がないだろう。

「夜はちゃんと寝る方なんだ、あんまり騒がしいのはゴメンだぜ」

「うむ！　夜ふかしは美容の敵と言うからな！」

「……どうだか。着替えるからあっち向いとけ」

今はまだ天真爛漫な女帝に、苦笑する。

しかしまあ、欲望に貪欲というかなんというか。

衣服のボタンに手をかけて、一つ一つ外していく。まったく、女の服ってのはどうしてこう煩わしいのか。いや、女の服ってよりは貴族の服がこうなのか。

前世の傭兵《ようへい》だった頃を思い出して、少々昔が恋しくなる――と、その時、気配というべきか。

「……おい、あんまジロジロ見るな」

「良《よ》いではないか。同性なのだから。同じ部屋で暮らすのだから、いちいち気にしてはいられんだろう？」

寝間着に着替えるのを食い入るように見つめるコレットに気づき、ジト目を向ける。

言動から薄々思っていたが、コイツはそっちのケはあるのだろうか。

未来のあの時点じゃ未婚だったと聞いてはいたが。……まあ、気にしていても仕方がねえか。コレット自身、俺の横に並び立つまではどうこうする気はないはずだ。

「それじゃあ、俺は寝る。灯《あか》りは適当に消しといてくれ」

「いや、それなら私ももう寝てしまうよ。灯りはもう消しても良いのか？」

ベッドに入り込んでコレットの問いに肯定を返すと、コレットが天井の魔石灯に向かって指を振る。

微弱な魔力を察知した魔石が徐々に暗くなるのと同時に、部屋に闇が満ちていく。

これで今日も終わりだ。また明日からの忙《せわ》しない日常に向けて、ゆっくりと体を休めておこう。

「……おい」

「うん？　どうした、ミレーヌ」

と、そう思ったのだが――

「なんで俺のベッドに入ってくる……!?　てめえのベッドはそっちだろうが……！」

なぜだか毛布を広げ、ベッドに入り込んでくるコレットを怒鳴りながら、上体を起こす。

「つれない事を言うなよ。せっかく同じ部屋になれたんだ、より深く親睦を深めていこうじゃないか」

「そ、そういうのは自分で納得できるまでお預けにしたんじゃねえのか」

・・・。
じーーーーー・・・

「ちょっとした愛情表現さ。私とキミの未来を確かにするための……な」

生地の薄い服を豊満な体に張り付けて、妖艶《ようえん》な笑みを浮かべるコレット。

正直、クラッとくる。自分自身『お嬢様』にも慣れた気でいたが、深く考えていないところではなんだかんだで男なのだろうと思った。

いや、違うな。これほど魅力的な女が相手じゃ、男も女も関係ないだろう。

……ンとに、コレットというヤツは。

「……お戯《たわむ》れはお止《や》めくださいまし。まだその時ではない、そうでしょう？」

「む」

はっきりとした拒絶の意志を込めて、すり寄るコレットを押しのける。

コレットはわずかに頬を膨らませて——感じているであろうもどかしさと共に息を吐き出した。

「はあ……分かったよ。こういうのは後の楽しみにとっておこう。だが忘れるなよ、私は既にキミのモノだ。ミレーヌが望むのならばいつでも……な？」

艶《なま》めかしい脚が組み替えられ、ベッドの下にするりと下りる。

知らず、小さく息を吐いた。

何が『私はキミのモノ』だ。結局根っこは何も変わってねえ、欲しいものは何が何でも手に入れるという女帝のままだ。

その言葉に身を委ねられればどんなに楽な事だろうとは思うが、その選択の重さに、俺はまだ覚悟が持てない。

まったくもってとんでもない事になっちまったもんだ。

俺は誰を恨めばよいのやら。情けない教師共か、きっかけを作った『月の神々』か——あるいは『カミサマ』か。

冴《さ》える眼を、高鳴る胸をなんとか落ち着けて——それでも俺は更に忙しなくなっていくであろう日常に備えるべく、眼を閉じるのだった。

第三話　因果

「ミレーヌ様、おはようございますっ！」

「あー……んん、おはようございます、アルベール様」

朝、教室にて。

幽鬼のように揺れていた俺は、アルベールの声で正気を取り戻し、外行きの表情を張り付けた。

コレットとの一件のあと、結局あまり眠れずに疲れが残っているが故の結果だ。

直前の腑抜《ふぬ》けた表情を見ていたからか、アルベールが眉を顰《ひそ》める。

「あの……大丈夫ですか？　ミレーヌ様。随分とお疲れのご様子ですが……」

「ええ、昨日少し……色々とございまして」

被《かぶ》り直した仮面はなかなかのモノだと思うのだが、なんだかんだよく見ているようでアルベールは真剣な面持ちで語りかけてくる。

事実疲れているので、俺は理由までは語るつもりはない——と言外に語りつつ、力の籠もっていない笑みを浮かべてみせた。

疲れた時に寄せられる心配は、沁《し》みる。その気持ちに応えてやりたいという思いはあるし、無駄に心配を掛けさせないように理由の方も話してやりたいのだが、そうなりゃ余計に面倒な事になるのは明白だ。

「おはようアルベール王子」

「ええ、おはようございます、コレット皇女……なんです？　妙に勝ち誇った顔をして……」

まあ俺が黙っていても悩みのタネであるコレットが高らかに、誇らしげに語ってくれるのだろうが。

人目もはばからず、俺は頭を押さえた。

「え？　ええ？　ミレーヌ様が疲れた顔でいらっしゃるのに、その表情はどういう感情なんですか……？」

「なに、私にとって昨日、少し嬉《うれ》しい事が起きてね。その余韻に浸っているだけさ」

「どういう……事ですか？　ミレーヌ様が疲れていらっしゃるのと、何か関係が……!?」

予想的中だ。

妙に対抗意識を燃やし合っている二人のコト、大きくアルベールを出し抜く形になったコレットが大人しく黙っているはずもない。

「み、ミレーヌ様！」

「くく……話してやったらどうだ、ミレーヌ。私達の関係というモノを」

「なんですって！」

町娘を無理やり手籠めにした悪徳貴族のようなセリフを吐きながら、コレットが愉快そうに喉を鳴らす。

思わせぶりな言葉にまんまと表情を変えるアルベール。

「……昨日、女子寮で局所的な部屋替えがありまして。コレット様が私と同室になったのです」

「なんですって⁉」

再び同じ言葉を、しかしより大きなリアクションで繰り返すアルベール。

せわしなく動き回る眼《め》が、渦巻を連想させる。

「で、では……疲れというのは、まさか！」

「部屋替えの初日だからな、親睦を深めさせてもらったよ。……差が出たな？　アルベール王子……」

「なんですって！」

それはもういい。

露骨にため息を吐き出して、再び頭を押さえる。

面倒がって説明を怠れば、余計に面倒な事になりそうだ。

周囲の好奇心が集まり始めたのを感じる。これで二人が暴走を続けるまま『イルタニア王子の許嫁《いいなずけ》をコルオーン皇女が奪った』なんてウワサが立ったら最悪だ。……もう、手遅れかもしれないが。

「誤解をなさらぬよう説明しておくと、何もありませんでしたわ。恐れ多くも、私にもアルベール様の許嫁という立場がありますし、そのあたりをわきまえられぬコレット皇女でもございませんから」

「あっ、なんだ。もうネタバラシをしてしまうのか、つまらん」

なるべく理路整然と、事も無げに説明する俺の言葉を聞いて、思わずといった表情で『ネタバラシ』を確定させるコレット。

「へっ……？　あ、そう、なんですか……？」

「こんな事で嘘《うそ》は吐《つ》きません。誤解されては困ります」

「よ、よかったぁ……」

俺とコレットの態度を見て、ようやくアルベールが安堵《あんど》の吐息を漏らす。

その眼には涙がにじんでいる。何を弱々しいとケツを蹴り飛ばしてやりたくなる……が、相手がコレットではいささか仕方がない部分もあるので今回は見逃してやろう。

「……なんだ、いつものコレット皇女とアルベール王子の小競《こぜ》り合いか」

「ミレーヌ様も大変ですね」

普段が普段だからだろうか、固唾を呑《の》んで見守っていた周囲の生徒達は呆《あき》れた様子で散っていく。

……二人がアホでよかったぜ。なまじ普段から大人しくされていたら、在学中あらぬウワサが飛び交っていた事だろう。

「はあ……あまり、よろしくない冗談はおよしになってくださいまし」

「すまんすまん、少々悪ノリが過ぎたな」

からからと笑う。俺は肝が冷えてそれどころじゃなかったが。

……しかし、面倒くさがると余計に悪い方向に転がっていくな。当たり前だが、面倒臭がっても良い事はないようだ。

「やれやれ……」

気の緩みから、僅かに仮面がずり落ちる——その時だった。

……俺達を見ているヤツがいる。散り散りになった生徒達の中にもまだ俺達の様子を窺《うかが》っているヤツはいたが――そんなもんじゃない、敵意にも似た警戒を向けているヤツが、いる。

僅かに薫《くゆ》る気配と魔力に、何気ない動きを装《よそお》って視線を返す。

「……っ」

するとその先で、明らかに顔をそむけるヤツがいた。

そっぽを向かれたから顔は分からないが、よく手入れされた柔らかそうな金髪を持っている、小柄な少女だ。

おそらくは同じクラスの生徒だろう、見覚えがある。……こいつは確か、入学式でも俺を見ていやがったヤツだ。

アレ以降特に動きがなかったんですっかり忘れていたが――だからといって安心はできない。親しい存在でも信じられないのは、ペールマンで実証済みだ。

常に警戒しているワケじゃあねえが、こんなに分かりやすい視線だ、今までも監視されていたってんなら気づくはず。

それが今になってジロジロ見始めたとなると――

「(月の神々――いや、あいつらに雇われて俺を監視してるってトコか?)」

自覚しつつも、視線は鋭く『お嬢様』らしからぬモノになる。

「どうした？　ミレーヌ」

「如何《いかが》なされましたか？」

だが、此方《こちら》の警戒を気取られるのもまた悪手だ。

俺を呼ぶ二人の声に、はっと我に返る。

「……いえ、なんでもございませんわ」

ようやく外行き用の淑《しと》やかな笑みを張り付けて、返事をする。

それなりに濃い付き合いをしている二人だ、呼びかけによって明らかに意識を切り替えたのが分かったのだろう。俺に怪訝《けげん》な眼を向けてから、顔を見合わせる。

危なかった。もしも俺達を監視していやがるのが『月の神々』の一員だとするのならば、もう少しの間泳がせておきたい。

そのためにも、見られている事を気づいていると思わせたくはない。

「全く、歯がゆい事です」

小さく、近くにいるアルベール達にすら聞こえないような声で呟《つぶや》いた。

◆

……なんて、思っていたのが遠い昔のように感じられる。

時計の長針が幾らか回り、昼食の時間がやってきた。

「なあミレーヌ」

「……何でしょう？」

遠慮がちに、あのコレットが遠慮がちに俺の名を呼ぶ。

くいくいと袖を引っ張ってくるその動作に、珍しいまでの困惑がありありと表れていた。

まさか、コレットのこんな一面を見る事になるとは思わなかった。

なんというべきだろう。思ったよりも優しいんだな、というべきか——

その困惑の原因を、横目で窺《うかが》うコレット。

「じーっ………」

その視線の先には、柱——というには心細い、廊下の壁の出っ張った部分から半身を覗《のぞ》かせる小柄な少女の姿があった。

言うまでもない。先程俺達に熱い視線を向けてきた金髪の少女である。

同い年に少女という表現は少々違和感があるかもしれないが、幼気《いたいけ》な顔つきが無意識にそう呼ばせるのだ。

また、此方を監視する技術のその杜撰《ずさん》さと、こそこそと隠れるその動きが小動物感を覚えさせる。

「あれは、一体なんだろう……？」

「私に聞かれても……」

彼女こそが、コレットの困惑の元凶。それは隠れるというにはあまりにも挙動が怪しく、かえって周囲の視線を集めている小柄な『監視者』の姿であった。

何が『月の神々』だ。今朝の警戒がバカバカしくなった。

「どうしましょうか……ぼくが声をかけてきましょうか……？」

やはり遠慮がちに——俺に対してじゃない、あまりにもバレバレな追跡者を慮《おもんぱか》って、アルベールが指示を仰ぐ。

……これじゃ泳がせるも何もねえ。今もその姿を衆目に晒《さら》し続ける少女は、ペールマンのような優れた魔術師を擁し、その気になれば『世界の終わり』まで潜伏を続ける『月の神々』の一員とは到底思えなかった。

それをわざとやっているのならば敵ながら流石《さすが》だと舌を巻くしかないが——

「あー……いえ、アルベール様のお手を煩わせる事もございません。どうやら私に用事があるようですので私がお聞きしてまいりますわ。次の曲がり角でお話をお聞きしましょう」

声を潜めて、対応をすり合わせる。

監視者がいるのに此方の動向を口に出すなんてのは下の下だが、あの様子ではそれさえも気にする必要はないだろう。

曲がり角を曲がってすぐに振り返る。

するとそこに、待ち構えるまでもなく小走りの少女が駆けてきた。

「……‼」

並んで自分を見下ろす三人の視線に、少女が硬直し、ひゅっと小さく息を呑む。

驚いて硬直する姿もまた小動物のようだ。

「あの、先程から私達についてこられているようですけれど、なにか御用ですか？」

脱力感から引き攣《つ》る声をなんとか柔和に塗り替えて、努めて優しく語りかける。

見れば、アルベールはともかくコレットまでもが苦々しくも優しげな笑みを浮かべていた。

人間、気の毒になると傍若無人な皇女様でも最大限相手に配慮をした温かい眼ができるらしい。

それでは突然監視対象に取り囲まれた小動物はというと――

「し……しらない……」

激しく眼を泳がせながら、何度か俺の眼を見た後に、それでも眼を逸《そ》らしてそう言った。

誤魔化すという表現すら憚《はばか》るような杜撰な言い訳。そして相手の眼を見返す事さえできない肝の小ささ。

……俺は一体何に対して警戒していたというのか。

まあ、この少女が『月の神々』、あるいはその息がかかった者にわけも分からず使われているという可能性もないではないが……

「ええと、どうしましょう。何か気になる事があれば、お答えしますけれど……」

最大限配慮しつつ、隠れる必要はないという事を伝える。

が、正直これで良《い》いかは分からない。明らかに怯《おび》える相手を気遣うという経験はなかったからだ。

威圧的になってやしないだろうか、とかそんな事を考えていると、自分がバカバカしくなってくる。

……だが、最初に感じた気配だけは、見紛《みまが》ってなかったようだ。

諭すような問いかけに、少女は再びたっぷりと視線を泳がせてから、視線を鋭く――明確な敵意を交えて、俺の瞳を見返してきた。

「ミレーヌ＝ペトゥレ……！　私は、だまされないから……っ」

「……？」

それだけ言ってから、少女は後ろを向いて——恐らくは全速力で——逃げ去っていく。

俺は呆気《あっけ》に取られて、その言葉の意味を問い返す事さえできずに面食《めんく》らっていた。

「ミレーヌ、彼女に何かしたのか？」

「全く覚えがありません……とは言えませんわね。入学してすぐはお転婆をさせていただいていたので」

呆《ほう》けていたところをコレットからの質問に揺り戻されて、反射的にそう答えようとして、言葉を呑み込んだ。

正直にいえば、思い当たるフシがあったからだ。

最近じゃ上級生共や突っ張ったガキが俺に手出しをする事はなくなったので大人しくしていたが、ゼルフォア魔法学園に入学してから暫《しばら》くの間は、俺も火の粉を払う名目で大分跳ね回っていた。

といっても自分じゃ理由もなくぶちのめした相手はいないと思っている。さっきの小動物があっちの側だとは到底思えないので、その関係者というならば逆恨み、あるいは誤解というのも十分あり得る話だ。

「騙《だま》されない」というのも、最近俺が支持を集め始めた事に対してだろう。愛想《あいそ》を振りまいているが自分には通用しない、という意味だろうか。

「ふむ……？　しかし、それにしては随分な敵意に見えたな」

だが確かにコレットの言う通りだ。

まるで物語の悪役に突きつけるような捨《す》て台詞《ぜりふ》は、一体何を吹き込まれたのだろうという想像さえつかない――強い警戒心が混じっていた。

少なくとも、手出しをしなければむやみに暴れるような人間ではないと見せているつもりなのだが。

「うーん……しかも他ならぬ彼女が、ミレーヌ様にあんな視線を向けるというのにはただならぬ事情を感じますね」

だがそこに、俺達とは質の違う疑問を浮かべたアルベールが顎に指を添える。

その口ぶりは、まるであの少女の事をよく知っているようだった。

「……？　アルベール王子、君は彼女の事をよく知っているのか？」

「ええ……？　それは知っているでしょう、クラスメイトですよ……？　コレット皇女は、もう少しミレーヌ様以外にも眼を向けてみては……？」

同じように抱いた疑問をコレットが口にすると、アルベールは困惑の面持ちで答える。

「申し訳ございません、私も分からないのですが」

「み、ミレーヌ様まで⁉　メリッサさんですよ！　『イルタニアの巫女《みこ》』ではありませんか！　『神の寵児《ちょうじ》』としてお会いした事があるのでは……？」

流石《さすが》にクラスメイトの名前が分からないというのは不味《まず》かったか……と、今回ばかりは反省しかけた俺だったが――

アルベールが口にした答えに、俺は納得を覚えつつも、背骨が氷になったような衝撃を受けた。

なるほど、確かに『俺がミレーヌになる前』に会っていたというのならば、あの態度も頷《うなず》ける。自分の屋敷《やしき》でさえ蛇蝎《だかつ》のごとく嫌われていた『ミレーヌ』と出会っていたのならば、今の俺の態度はさぞ違和感に満ち溢《あふ》れているはずだ。その邂逅《かいこう》がどのようなものだったかは分からないが、警戒と嫌悪《けんお》感を覚えるのには、十分な出来事だった事だろう。

しかしそれ以上に俺に冷たさを覚えさせたのは、その名前の方だ。

『イルタニアのメリッサ』、その名前には覚えがある。いや、忘れられるはずもねえ。

「メリッサさんというと……『メリッサ＝テュリオ・ド・ルルトワ』ですか……？」

同じ名前の人違いじゃあなければ、それは――

「はい、そうです。なんだあ、やはりご存じではございませんか」

「……そうですね。僅かですが、記憶がございます」

――あの戦争の、『最期《さいご》の始まり』としてミレーヌ＝イルタニアに処刑された女公爵その人だったからだ。

それが『イルタニアの巫女』。

民衆からの信頼が厚かった女公爵、最期まで暴妃ミレーヌに抗《あらが》った——『イルタニア
の巫女』。

ここのところ『月の神々』が動きを見せねえもんだから、いい加減焦《じ》れて来たところだ。

前の歴史でのメリッサとミレーヌの対立と、先程の態度を併せて考えれば、メリッサが
早い段階から何かを摑《つか》んでいた可能性というのもない話ではない。

「是非とも——お話を、聞きたいものですね」

もしかすると、そこには俺が知っておくべき何かがあるのかもしれない。

冷たい興奮を感じながら、俺は歯を覗かせて口角を上げた。

「……あの様子だと、しっかりと話を聞くのは難しそうだがなあ」

その直後、コレットの言葉に肩を落とした。

それはそうなんだよな。ああいう、小動物みたいなタイプはどうにも……苦手だ。

イルタニアの国民だというのならばアルベールを上手《うま》く使えりゃあいいが……

「さて、どうしたもんかね……」

相手をビビらせるのは得意なのだが、臆病な相手をビビらせないというのは、初めての

挑戦だ。

もしも泣かせでもすりゃあこの先の学園生活が面倒になりそうだし、立ち回り方を考えていく必要があるかもしれない。

思わず降って湧いた手がかりと困難に、俺は大きくため息を吐き出した。

第四話　巫女

　メリッサを見失った俺達は、食堂にて半ば指定席となった四人がけのテーブルで食事を摂《と》っていた。

綺麗《きれい》に切られた人参《にんじん》のグラッセをお行儀よくナイフで小さく切り分けていると、コレットの唸《うな》り声が聞こえてくる。

「なあ、『イルタニアの巫女』というのは、どういう存在なんだ？　名前から察するに、イルタニア神に関連する存在だと推察するが」

　話題に上ったのは、やはり先程の『メリッサ』の事だ。

　今はもうすっかり姿を消しているが、先程まで俺達――いいや、『俺』をか――を監視していたメリッサを、アルベールは『イルタニアの巫女』だと呼んだ。

　――イルタニアというのは俺達が住む国の名前でありながら、その国の名前の元となった神の事も指す。『巫女』というからには、その名詞に含まれる『イルタニア』は神の方のイルタニアを指しているのだと思う。

「ええ、その通りです。『イルタニアの巫女』の一族は、代々イルタニア神に最も強い信仰を捧《ささ》げたとされていて、断片的にイルタニア神の託宣を受ける事ができる、特殊な能力を持っているとされています」

果たして、その予想は概《おおむ》ね当たっていたようだ。

まさか神から託宣を受ける——だなんて話になってくるとは思わなかったが。

思わず口が折れるように曲がり、胡散臭《うさんくさ》いという感情を表情がありありと語ってしまう。

アルベールは困ったように笑ってから続ける。

「ミレーヌ様はイルタニア神を信じておられませんでしたね。ですが『イルタニアの巫女』は今までにいくつもの災害や困難の訪れを言い当てているのです。『イムロンの洪水』や『ゼヴェント山の噴火』などの自然災害のほか、『銀匙《ぎんさじ》事件』のような陰謀までも言い当てているとか」

未《いま》だにイルタニアを信じているアルベールとしては、自分が信頼する人間が、自分の信頼する神を否定している事を寂しく思うのだろう。

だが俺も少しだけ認識を変える必要があるようだ。今アルベールが挙げた出来事の数々は、俺が『お嬢様』らしい最低限の教養ってやつを身につける時に出てきた名前——つまり、それだけ大きな災害や事件だという事である。

……ああ、言われてみれば。記憶の底にしまい込んでいた知識が浮かび上がってくる。

確かに、今アルベールが挙げた天災はどちらも事前の避難や対策があったからこそ、災害の規模に対して被害が少なかったと書いてあった気がする。

……なるほど、今までは神なんざいやしねえだろうと思っていたが、その存在自体は認めなければならないのかもしれない。

尤《もっと》も、それでも俺はイルタニアを信じられないが。といってもその存在の話ではない、人格――とでもいうのだろうか、行動の数々が、だ。

何をどうすりゃ『ミレーヌ』みたいな女に才覚を与えたのか。もう少しマシな奴《やつ》に力が渡っていれば、前の歴史ももう少しまともな終わり方を迎えただろう。

「彼女……メリッサさんが、それらを予知した『イルタニアの巫女』なのですね」

「はい。我々にはとても理解が難しい、イルタニア神のお言葉を受け取れる唯一の一族だそうです」

それはともかく――本当にメリッサにそんな力があるのならば、今になって俺の監視を始めたのもその力で何かを感じ取ったからなのだろうか？

「うーむ……イルタニア教の神話の話は今ひとつピンと来ないな」

「信教の自由があり、いくつもの宗教が存在しているコルオーンの人からすると、そうかもしれませんね。コレット皇女は何か信じておられる教えなどはありますか？」

アルベールはまた苦笑いを浮かべる。

「ないな。常に道を切り開くのは自分自身だ。信教を否定するつもりはないが、私は見えもせず感じもしないものの存在は信じられん」

コレットがそう答えるだろうと予測できていたからだ。

俺も全く同じ考えである――が。

「ですがペールマンのような存在がいるのも事実です」

「む……確かに」

今はその存在自体は否定していない。

その存在を信じたのは皮肉にも、イルタニアに激しい憎悪《ぞうお》を向けるあの邪教団の存在があったからだ。

実際に、ペールマンは神がかりでもなきゃありえない力を発揮していた。それを思えば、何かしら人智《じんち》を超えた存在が実在すると考えたほうが説明はつく。

「ですが自分自身の力でこそ道を切り開く事ができるというのは私も同意いたします」

「そうだな、ミレーヌは私と同じタイプだろうと思っていた」

実際にイルタニアは『寵児』と呼ばれる存在が窮地に陥っても、自分を信仰する国の民草が傷つこうとも、国が焼けて落ちるその瞬間さえも何一つ力を貸さなかった事を俺はこの眼で見ている。

この先の話によってはそこに、自分に忠誠を捧げ続けてきた一族の『巫女』さえも救わなかった、というエピソードも追加されるだろう。

俺は寂しそうに笑うアルベールを見ないフリをして、紅茶を啜《すす》った。

しかしだ、あの小動物のような少女に、本当にそんな力があるのならば願ってもない展開だ。

「道は自分の力で切り開くもの――ですが、メリッサさんには興味が湧いてきましたわ」

『巫女』の力とやらがどんなものかは分からない。そもそも神託ではなく、『巫女』自身が何らかの力で大きな出来事を予知しているか――あるいは自分達で引き起こしているか、という可能性もある。

だがもしもその力が本物だとすれば『イルタニア国の滅亡』について何か新しい情報を知る事ができるかもしれない。

すなわち、迫る脅威――『月の神々』について。

「是非とも、一度直接お話を伺ってみたいものですね」

「あの様子だと苦労しそうだがなあ」

コレットが顎で示した方向へと視線をやると、いつの間に戻ってきたのだろうか、そこにはメリッサの姿があった。

他の生徒が利用しているテーブルの下に、その気だるそうな瞳が覗《のぞ》いている。

先程から、メリッサが俺を観察しているのは気づいていた。だがあえてその姿を視界に入れなかったのは――

「……！」

眼が合えば、またメリッサが逃げてしまうからだ。

「本当に、先が思いやられますわ……」

「んぐっ……！」

急いで逃げ出したせいでテーブルに頭をぶつけ、瞳に涙を浮かべて去っていくメリッサを見て、俺はまた大きなため息を吐き出すのだった。

◆

『監視者メリッサ』の一件から一週間が経《た》った。

相変わらず、俺はメリッサから監視を続けられている。王族二人に加えて『スルベリアの髪』の三人組を監視する小柄な生徒の存在は、もはや学園では話題になりつつあった。

にも拘《かか》わらず眼が合うと——つまり、その姿を『発見されると』逃げていくあたり、多分メリッサにとってはうまくバレずに監視を続けているつもりなのだろう。

「今日も来ているな。まったく、飽きないというか……」

「熱心ですよね。いっそ、堂々と近くで見ればいいと思うのですが」

もはやその存在から脅威は抜け落ちたのだろう、今日も木の陰にその姿を隠しきれないメリッサを見て、アルベールとコレットが苦笑する。

一方で、俺はその姿を眼に収めないまま木剣を振るう。なにせ、姿を見ると逃げていってしまうのだ。民話の妖精かなにかだろうかと、ため息が出る。

「きっとまだ私達の事が信頼できないのでしょう。それよりも、お二方とも纏《まと》う魔力に覇気が感じられませんよ」

「おっと」

「はい、気をつけます」

冷ややかに魔力の緩みを指摘すると、二人は慌てて身に纏う魔力を研ぎ澄ます。

体に魔力を纏っていれば、ある程度のダメージに耐性が付く。もしも日常生活で絶え間なく魔力を纏う事ができれば、不意打ちへの対策となるだろう。

——『月の神々』の目的はまだ分からないが、兎《と》にも角《かく》にも奴らが『混沌《こんとん》の世』とやらを目的としている事は確かだ。王族の命でさえコマの一つと考えるような奴らが何をしてくるか分からない。

寝るとき以外は魔力を纏う事で不測の事態に備え、同時に魔力を使い続ける事で総量の底上げを狙う。同時に、無駄な力みを排して長期的に安定した魔力の操作技術も学ぶ。それがこの鍛錬の目的だ。

「しかし……理にかなった鍛錬だとは思いますが、それだけに疲れますね」

「うむ。やりがいがあって大変結構だが、おかげで寮に帰った途端、泥のように眠る毎日だ！」

一日中魔力を纏う。そう聞けばなんて単純な鍛錬だろうと思うかもしれないが、これが中々大変な事である。

自分の魔力の量を考えてペースに気を配りつつ、常に力を放出し続ける——それは、古代に行われていた長距離走の競技を行いながら生活を続けるようなものだ。放出する魔力の量にもよるが、常人では一時間も保たないだろう。

それを、たったの三日かそこらでできるようになり、今では——夜になれば死人のようなツラになるが——気楽に会話をする余裕まで生まれつつある。まったく王族ってやつは優秀な血統を重ね続けているだけあり、その才能はもはや反則的である。

……そもそも鍛える魔力の器《うつわ》さえ持っていなかった俺からすりゃ、羨ましい話だ。それ以上に『ミレーヌ』のようなゲスが『スルベリアの髪』のような天寵《てんちょう》を持っていた事こそ、理不尽な思いを感じさせるが。

まあ今は俺も才能人の一人だ。敵を温まらせる以外じゃなるべく驕《おご》らず、敵を作らないように生きていきたいと思う。

「ですが……確かな進展も感じられますわ」

が、それはさておき――それほどまでの苦労をさせただけはあるつもりだ。ここ数日で、二人の魔力量は格段に上がってきている。

ペールマンクラスはまだまだ相手にできないだろうが、コレットは既にコルオーンの大将軍でさえ『手ほどき』なんて言っていられる余裕はないだろう。アルベールも、イルタニアの中じゃそうとういいセンまで行くはずだ。

既に、同年代のガキじゃあ相手にもなりゃしねえ。

「ふふ、それはどちらの話かな」

しかし、俺が言ったのはそれだけの話ではなかった。

「両方、ですわ」

コレットに返すのは不敵な笑みだ。

確かに、二人の成長は眼《め》を瞠《みは》るものがある。教える側の俺としても確かな手応えを感じられるほどにだ。

だが進展があるのはそちらだけではない。

「じっ……」

今もなお俺達を監視するメリッサ。それこそが俺の感じている進展の一つだ。

「明らかに、前よりも距離が近づいていますね」

「ええ」

アルベールの言う通り、監視の距離が縮まっているのだ。

最初に一度待ち伏せをして以降はかなり遠くから監視を続けていたメリッサだが、日を追うごとにその距離は縮まってきている。

親近感を感じているとまではいかねえだろうが、それが気の緩みにせよなんにせよ、警戒心が落ちてきているのは明らかだった。

メリッサは、サンドイッチを口いっぱいに頬張っていた。飯を食う余裕が出てきたのだろう。……いや、その無防備さは油断とでも言うべきなのかもしれないが。

「どうする？　この距離ならば逃げられる前に捕まえるのも容易《たやす》いと思うが」

顔を近づけて声を潜めたコレットが——僅かな嗜虐心《しぎゃくしん》を混じらせて——穏やかな笑み

を浮かべる。

なにか悪巧みをしている気配を感じたのだろうか？　メリッサから焦《あせ》りの気配を感じる。

確かにこの距離ならば捕まえるのは容易だ。三人もいりゃ、うさぎを捕まえるよりも楽だろう。

いい加減、この遊びを終わらせたいという気持ちももちろんある。

「……いいえ、やめておきましょう。折角ですもの、この機会にしっかりと誤解をといておきたいですわ」

だがここで焦るのは勿体《もったい》ない。

ここまで来たらメリッサが鬼にタッチをするところを見届けたい気持ちもある。

とっ捕まえれば手っ取り早いが、それでヘソを曲げられて話ができなくなっては困るし、流石《さすが》に『無理やり』聞き出すわけにもいかねえ。

「分かりました。……大丈夫です。きっと、もう少しですよ！」

「そうですわね」

意気込みを表すように、握りこぶしを顔の高さに上げるアルベール。

さて、もう少しかどうかは分からねえが。

見た感じ、随分と俺は敵視されているようだ。

それはイルタニアの『お告げ』によるものなのか、はたまた――『ミレーヌ』との因縁なのか。何方《どちら》にせよ、あの臆病な小動物が決意に満ちた表情で近づいてくるくらいだ、ただならぬ事情があるのだろう。

「もどかしい話だがな……」

俺も、どうしても気に食わないモノはある。その氷解に時間がかかるのも分かる。

ひとまず、今はただ待つとしよう。

剣を振り、構える。切っ先を見据えて、俺は眼を鋭くした。

第五話　接触

「思うに、ただ待っていてももう進展する事はないのでは？」

午後の実技を控えた昼食の時間。眉を下げたコレットが、口の中の食べ物を飲み下すと、思い出したかのようにそう語りかけた。

主語がなくとも、もはや俺達の間で何が限界かを指す必要すらなかった。

その場にいなくとも、その存在はもっぱら俺達の話題の中心にあるからだ。

「じーっ……」

監視者——即《すなわ》ち、メリッサ＝テュリオ・ド・ルルトワの事である。

気が緩んだのか、ファーストコンタクト以降徐々にその監視の距離を近づけてきたメリッサだが、ここ数日のところその接近が止まっているのだ。

飽くまでも監視の態度は崩さないが、最近ではその姿を隠す事も減ってきて、堂々と俺達を観察している。

だが、そこまでだ。今までは徐々に近づいてきていたメリッサだったが、ある一定の距離を境に接近は止まり、コンタクトをとってくるわけでもない。

譬《たと》えるならば湖上の木の枝だ。今までは岸に向かって風が吹いていたが、すっかり湖面が凪《な》いでしまった——そんな風景を幻視する。

「聞きたい事があるんだろう？　このままでは埒《らち》が明かないぞ」

「それは分かっていますけれど……」

じれったいのだろう、コレットの言葉にはわずかながら呆《あき》れが含まれていた。

実際のところ、自分でもらしくねえとは思っている。

無理やりとっ捕まえて聞き出しちまえば良いとも思うのだが——ちらりと視線を送る。

メリッサの瞳は微弱な怯《おび》えの光を宿しつつも、今では俺を睨《にら》み返すようになっていた。

……これだ。使命感に燃えているというべきか、妙なところで使命感の強さを感じさせやがる。少なくとも同級生としてできる手段をとっているうちはマトモな話し合いにはならなそうだった。

それでも無理やりという手段はなくもないのだが——

……メリッサとは、前の歴史で直接会ったわけじゃあねえ。俺が知っているのは民草を守るべく最期《さいご》まで悪妃《あっき》ミレーヌに立ち向かった、勇敢な女公爵の名前だけだ。

だが、あんな腐ったイルタニアでもメリッサ＝テュリオを強く慕う者は多かった……俺の親友がメリッサへの忠義に殉じたからか、どうにもあの小動物には強く出られる気がしねえ。

まあ今の姿を見ていると『勇敢な女公爵』の話もどこまで信じて良《い》いものか分からねえが。

「アルベール様、恐れ多いのですが、なんとかお話の機会を設けていただく事はできませんか？」

「ぼくもミレーヌ様のお力になれるのならばこんなに光栄な事もないのですが……実は一度断られてしまいまして」

自国の王子《アルベール》の話すら聞かないとなると、やはり強攻手段も視野に入れていかなければならないのかもしれない。

どうにも、気乗りはしないのだが。

「ご馳走様《ちそうさま》でした。食器を返して来ますわね」

当たり前だが、悩んでいても腹は減る。

今日も美味《うま》いメシが食える事に感謝をしながら、平らげた食器を纏《まと》めて返却口へと運ぼうと席を立つ。

「早いな。だがどうせなら後で一緒に返しに行けばいいだろう？」

いつもならば、食べ終わるタイミングがバラついても席を立つタイミングは合わせる。先に席をたった俺を珍しそうに見て、コレットが首をかしげる。

「実は、午後の実技に使う運動着を寮に忘れてきてしまったのです。ですので、一足先にお暇《いとま》させていただきますわね。また後ほど、授業でお会いしましょう？」

いつもならば当然コレットの言うとおりにするのだが、何も気まぐれでこんな事をしているわけではない。

忘れ物の存在を明かすと、コレットはああと納得して声を出した。

トレイを水平に保ち、食器の返却口へと移動する。

食堂で働く皿洗いに一声掛けて、俺は小さく息を吐《つ》いた。

さてと。授業に遅れないように、さっさと荷物を取りに行くとしよう。

食堂を後にすると、小動物のような気配が背後に一つ続くのを感じながら、俺は寮へ向かってせわしなく足を動かす。

時折遅れる、背後の小さな気配に歩調を合わせた俺は、小さなため息を吐き出した。

◆

メリッサに歩幅を合わせていたら、すっかり遅くなってしまった。

校舎に戻る頃には午後の授業が始まる直前になってしまい、俺は少々急ぎ気味に廊下を歩いていた。

向かう先は更衣室だ。わざわざ運動着を取りに戻ったのに授業に遅れるんじゃ話にならねえと、急ぎ足に向かう。

「……！」

足を速めた俺を見失うまいと、メリッサの足も速くなる。

足音さえ隠さない尾行がどの世界にあったもんだと思うが、ここのところはもう隠れる必要もないと思っているのかもしれない。

更衣室にたどり着くと、午後の実技を控えているにも拘《かか》わらずそこには誰もいなかった。

コイツはいよいよ急がないとマズそうだ。

制服のボタンに手をかけ、一つずつ外していく。

こんな風に急いでいると、女の服は男の服に比べてどうにも煩わしい部分が多いと思ってしまう。すっかり慣れたつもりでいたのだが、ふとした拍子にこんな事を思ってしまうのは俺の順応性もそこまでではなかったといったところだろうか。

いや、つうかそれよりも、だ。

さり気なく入り口に眼をやると、そこには此方《こちら》を覗《のぞ》くメリッサの瞳があった。

「……」

同性が相手とはいえ、着替えをジロジロと見られるというのは、なぜだろうか、異常に恥ずかしい事に感じる。別にそれくらいは毎晩コレットに見られているんだが、アレはなんというかまだ軽いというか……

「……チッ」

……いや、俺は何を考えているんだ。気恥ずかしさから、あえてメリッサから眼《め》を外す。平静を装《よそお》う淀《よど》みない手付きでブラウスのボタンを外しつつ――メリッサの視線も気にせずに、舌を打った。

そういやあ、幾らなんでも自分のカラダを気にしなさすぎるかもしれない。下着一枚になってみて、何か寒々しい危機感のようなモノを感じたのは、なぜだろうか。

もしかして俺は――と、そこで違和感に気がついた。

なぜメリッサは更衣室に入ってこないのだろうか、と。

メリッサは同じクラスだ。だからこそ一時も離れずに監視されているのだが、ならば授業のカリキュラムも同じはず。というか同じだ。

今着替えないと、午後の授業にはとてもじゃないが間に合わない。

……いや、この一回くらいサボったところで大した問題にはならないとは思うのだが。

もしやこのままサボる気でいるのだろうか。

横目でメリッサの姿を窺《うかが》うと、未《いま》だに此方を覗き続けている。

授業に出ないつもりなのか、時間が分からないのか、あるいはそのどちらにも気づいていないか。

それだけじゃない。

「貴様何をしているッ！」

唐突に響く声に、メリッサが震える。

なけりゃあ良《い》いがと予想していた通りの展開になり、俺は頭を押さえてため息を吐く。

扉の外にメリッサの瞳はもうないが代わりに、右往左往する人影が見える。

そりゃそうだ。更衣室を思い切り覗いてる姿を見られたら、怒鳴り声が飛んでくるのは当たり前だろう。

このまま放っておいてもいいのだが――

「こちらですわ」

「……‼」

扉の前でアタフタしているメリッサの腕を摑《つか》み、更衣室の中に引っ張り入れる。

驚きに眼を見開いているメリッサを壁に押し付けて――

「シィ」

黙っていろと、その小さな唇に指を添えた。

「そこ！　誰かいるな⁉」

一拍遅れて、扉の外から教師の声がする。

「一年生、鳳《おおとり》の組のミレーヌですわ」

「み、ミレーヌ嬢か。更衣室を覗いている者がそちらに逃げ込んだと思うのだが、何か知らないか？」

幸い、声の主は男性の教師だったようだ。であれば、無理やり更衣室に踏み込んでくる事はないだろう。

柔らかな戒めで口を噤《つぐ》まれているメリッサが、潤んだ瞳を思い切り閉じる。

「――いいえ。ここには私だけです、先生。ここは大丈夫ですので、お引き取りを」

メリッサの瞳が見開かれる。

庇《かば》われるとは思っていなかったのだろう。敵意があればとっくにどうにかしているのだが、そういうところには頭が回らないようだ。

「う、む。君がそういうのならば……」

メリッサが更衣室に連れ込まれる瞬間を見ていたのだろうが、中に女子生徒がいるのであれば無理に踏み込む事はできない。釈然としない、声がそう語っているが、貴族の娘に対してこれ以上『男性教師』ができる事はない。

「もうじき午後の授業が始まるぞ。遅れないよう気をつけたまえ」

「ええ、承知いたしました」

結局、そのまま声の主は足音とともに去っていった。

小さく息を吐き、メリッサの口を封じていた指を離す。

メリッサは、硬直していた。だが徐々に熱が宿っていくかのように、顔に朱が指していく。

口が波立つように開閉し、眼を逸《そ》らしたり、こちらを見たり——挙動不審なその様《さま》に、教師が声を荒らげるのも無理はないと苦笑する。

「私を監視しているのは知っていましたけれど、更衣室を覗くのはやりすぎましたわね」

「う……」

今更になって自分が何をしていたかを理解したのだろう。

悔しそうなメリッサだが、『宿敵』にそれを指摘されながらも言い返せない。

更衣室に沈黙が流れる。しかし、メリッサは逃げ出そうとはせず、やがてゆっくりとこちらへ視線を向けた。

「な、なんで、助けたの……?」

いくら同性でも、覗きなんてのは貴族学校じゃ厳罰モノだ。

まだ警戒は残っているが、メリッサからはたしかな安堵《あんど》が感じられた。

だがそれ以上に、俺に助けられたという事態に困惑をしているようだ。

「最近私を見ていたのは知っていましたから。別に見られて困るものはございませんし、今回もその一環で邪《よこしま》な気持ちはなかったでしょう? でしたら、何も先生に怒られるほどの事でもないと思ったからです」

暗にやましい事は何もないと告げつつ、できるだけ理路整然と答える。

一つだけ、黙っていようと思っている事もあったが――

「それに、私の知り合いが個人的に、貴方《あなた》に恩があったそうです。なので、どうにも憎くは思えませんでしたの」

傭兵《ようへい》時代の友人を――平凡で粗雑な、しかしカミさん想《おも》いのダチの顔を思い出して、そう続けた。

なんの事か分からないのだろう、誰かを助けたという覚えもないのかもしれない。

だが、あいつがその報復に命までを捧《ささ》げるほどに慕っていたヤツだ。前の歴史で会ったわけでもねえのに、コイツはなんだか嫌いになれなかった。

メリッサは首をかしげた――が、その眼を僅かに細める。

相変わらず、睨《にら》みつけるという表現が最も近い視線だが、そこからは初対面の時に感じられた険がなくなっていた。

「やっぱり、違う……」

小さな声で、メリッサが呟《つぶや》く。だが静けさに満たされた更衣室には、寒気がするほどよく響いた。

「『ミレーヌ＝ペトゥレ』は、あの女はそんなふうに笑わない」

心臓が氷で包まれるようだった。針のような冷たさと、握りつぶされるような圧迫感が胸を締め付ける。

「あなたは、誰……？」

メリッサの眠たげな瞳は、しかし氷が張った湖のように静かに俺を見据えていた。

第六話　神託

「……どういう、意味ですか？」

血液が凍るような、しかし体は熱を持つ。予想だにしない言葉に、それでも俺は平坦《へいたん》な声でそう聞き返した。

……別に、俺が本来の『ミレーヌ』でないとバレたからといって、大した問題はないはずだ。屋敷《やしき》の奴《やつ》らには俺こそが『ミレーヌ』だし、親父《おやじ》は俺に利用価値が残ってりゃあ十分だろう。

コレットやアルベールは、『俺』になる前のミレーヌを知らない。

前の歴史を考えれば、コレット達は『ミレーヌ』よりも俺を選んでくれると思っている。

そう、別に本来のミレーヌの代わりに俺がいるからといって、誰かが困るわけではない。

だが俺しか知り得ない事実を、出会って一ヶ月も経《た》っていない少女が言い当てるその底知れなさが、どうしようもなく肝を凍《い》てつかせる。

「聞いたまま。私が昔会ったミレーヌ＝ペトゥレは、どうしようもないやつだった」

見上げるメリッサの瞳がジト目になる。

普段なら可愛《かわい》らしいとでも思ったかもしれないが、何かを見透かされている俺としてはただただ居心地が悪い。

「前に会った時のあの女は品位のかけらもなかった。おもてなしにはケチをつけるし、何に対しても文句ばかり言ってるし、何でも自分の思うがままになると思ってた。バカ」

が、メリッサは『ミレーヌ』をボロクソに貶《けな》しまくる。

それを聞いて、俺は脱力した。ここまで言われるからには色々あったのだろうが、一体『ミレーヌ』はメリッサと会った時にどう振る舞い、何を言ったのだろうか。

久しぶりにこの体に乗り移った時の事を思い出した。身に覚えのない事で評判が最低まで落ちているという奇妙な体験は、酒で大失敗をした時の感覚に似ている。

あの時はアダンにはえらくからかわれた……と、それはいい。思い出せば恥ずかしくなるだけだ。

だがこの体で過ごしていると『ミレーヌ』がそんな『若き日の過《あやま》ち』をあちこちにバラまいてくれているおかげで、多少の事は気にならなくなる。

それでも、この言われようには若干効くものがあった。

「……だから、今のあなたはあの女とは似ても似つかない。昔のミレーヌ＝ペトゥレを知っている人がいたら、絶対に疑問に思う」

　しかしそれ以上に、その言葉には肝が冷える。『昔』のミレーヌを知っているやつにとっちゃ、今の俺は違和感の塊だというのだ。

「では、今の私は誰か別人が成り代わっているとでもおっしゃるのですか？」

「そうは思わない。その髪と、神聖な魔力は紛れもなくイルタニア様からの贈り物。まがい物ではありえない。だから、他に何かがあったのだと思ってる」

　ここまで断定するからには、なにか確固とした確信があるのだろう。どこまで気づいていやがるのかは分からねえが――

「不思議な事をおっしゃいますのね。最近私を監視していたのは、それが理由ですか？」

　変貌した『スルベリアの髪』、それだけが、監視の理由なのだろうか。

　特に『ミレーヌ』が気に食わないというのならば、似ても似つかないほどに変わったというのはかえって好都合なのではないか。

　メリッサのそれが「過去を忘れてのうのうと生きやがって」という恨みの視線には見えない。あれはもっと重要な事のために宿敵に立ち向かう、そんな瞳だ。

「……話せない。あなたも、信用できない」

　しかしその理由までは踏み込む事ができない。

この手に摑《つか》みかけた謎がするりと抜けて、思わず舌を打ちそうになる。

深く息を吸って心を落ち着けると、俺は不敵な笑みを浮かべた。

「そうですか。では、私が信用できるかどうか、その眼《め》で確かめてみては？」

どうやらメリッサは『ミレーヌ』が相当お嫌いなようだ。ここで敵意を持たれてしまったら、また振り出しに戻ってしまうかもしれない。

だったら知ってもらう必要がある。俺と奴との違い《今昔》を、その眼で。

「信用なんて、できるわけない。でも――『あの女』と違うのはよく分かった」

言葉を一旦区切って、顔を伏せるメリッサ。

再び上げられた顔からは、恐怖は消えていた。

「……遠慮なく、そうさせてもらう。この眼で、あなたを確かめる」

出口に向かって歩みを進め、冷たい瞳で俺を睨《ね》めつける。

俺の眼を見据えたままに、メリッサは更衣室から出ていった。

……ナルホドね。俺が乗り移る前のミレーヌを『あの女』と呼ぶか。

最初こそ肝が冷えたが、冷静に考えればそれで俺が困る事でもない。むしろ、聞き出さなきゃいけない事が一つ増えたようだ。

あそこまでハッキリと荒唐無稽な事が言えるんだ、何かメリッサのみが摑んでいる情報があるのだろう。

あるいはそれこそが『イルタニア』の神託なのか。もしもその力が本物ならば、このクソッたれな状況について一言もらいたいもんだね。

だがまあ、とりあえずは——午後の実技。それが先決だ。

有意義じゃあったが、思いの外時間を使う事になってしまった。これは遅刻に片足を突っ込む事になってしまいそうだ。

途中だった着替えを再開し、運動着に袖を通す。

さて、遅刻はほとんど確定だが、今なら一言謝れば済みそうだ。急ぐとしよう。

普段からマジメにしているとこういう時役立っていい。そう思いつつ、扉に手をかけようとすると、手を触れる直前に自動で扉が開いていく。

……扉の奥にあったのは、メリッサの姿だった。

それはそうだ。同じクラスに所属している以上次の授業も同じなのだから、サボるんでもなきゃメリッサも着替える必要がある。

「……」

眼を潤ませて、恥ずかしそうに顔を赤らめている。

「……メリッサさんは少々遅れると、そう伝えておきますわ」

「ごめんなさい」

臆病ながらに、何かのために苦手な人間に立ち向かい、得体の知れない『巫女《みこ》』としての力を持つらしいメリッサ。先程の姿には将来ミレーヌに立ち向かう女公爵のそれを思い浮かべたが――

ちぃとばかし、買いかぶり過ぎだろうか……？　時々警戒するのがバカバカしくなってくる抜けっぷりを見せる『巫女』の姿に、ため息を吐き出す。

消え入るような「ありがとう……」を背に、俺は運動場へと向かった。

◆

午後、実技の時間が始まった。

厳格で知られる教師に一言謝罪をし、気をつけるようにと一言小言をもらってから、俺は今運動に備えた軽い柔軟を行っている。

この剣術の教師は厳格で有名なのだが、普段から真面目に授業を受けている姿勢を評価してくれているのだろう、注意一つで済むというのは他の生徒に比べて破格の扱いだった。

まあ、それもアルベールやコレットが一言添えてくれたというのもあるのだろうが。

「メリッサ＝テュリオ・ド・ルルトワか。話は聞いているぞ。具合の方は大丈夫か？」

と、そこに遅れてメリッサがやってきたようだ。

教師にはメリッサが気分の悪さを訴えていたと伝えてある。

メリッサは教師の言葉に戸惑いつつも、小さく頷《うなず》いている。

「そうか。あまり無理はしないように。今後は何かあったら無理せず事前に伝えるようにな」

こちらも注意一つで済んだようだ。人間、真面目にしておくと良《い》い事がある。神様はいつも見ておられる——だなんておめでたい事ではなく、評価を稼いでおけば確実にそれが役に立つ事があるという話だ。

メリッサは深呼吸をしてから、いつものように俺の監視にやってくる。

その距離は、ここ暫《しばら》く保たれていたラインよりも近づいていた。

「ミレーヌ様」

すると、その距離感に気づいたのだろう、アルベールが耳打ちをしてくる。

今までは声を潜めずともメリッサに聞こえる距離ではなかったのだが、今はもう通常の会話が届く距離まで来たという事だ。

「どうしましたか?」

「いえ、メリッサさんと何かあったのかな、と。明らかに距離が縮まっていますよね?」

それは物理的な話でもあるが、アルベールが指しているのは精神的な話のほうだろう。

メリッサに視線を送ると、小さな顔がふいとそっぽを向く。

「まあ色々とあったのです。私にとっても想定外でしたけれど」

「へえ、少し興味がありますね。今まで縮まらなかった距離をどう縮めたのですか？」

面倒なので少々適当に答えたのだが、珍しくアルベールが話に踏み込んでくる。

大した話でもないのだが、最近メリッサ関係の事では色々と気を遣わせていたというのもある。まあ話しても問題はないだろう。

「更衣室で着替えていたのですが、そこをメリッサさんが覗《のぞ》いていたのです。それを先生が注意しているところを弁護して差し上げただけです」

話にすりゃそれだけの事だ。

覗きというと大問題に聞こえるだろうし、実際傍《はた》から見ていた教師にとっては更衣室を覗いているヤツがいると思ったのだろうが、メリッサの覗きに監視意外の目的がない事はアルベールやコレットなら言わずとも分かるだろう。

「なんですって⁉」

「うおっ⁉　み、耳元で叫ばないでください⁉」

そう、思っていたのだが。

突然耳元で叫ばれて、素が出かかる。

アルベールは素っ頓狂な声を上げてわなわなと打ち震えている。

「ま、み、まさかミレーヌ様のお着替えを覗くとは……!? 何たる無礼……ッ」

顔が真っ赤なのは、照れか怒りか。いや、その両方だ。アルベールは表情が読みやすいのですぐ分かる。

「落ち着いてくださいまし。メリッサさんは同じ女子生徒ですよ。いつものという事はご存じでしょう？ 見る場所が少し違っただけです」

「し、しかし……！ 更衣室を覗くというのはまた違うではありませんか……っ！」

「もしも私の肌を見る事が目的ならば、わざわざ覗くよりも一緒に着替えたほうがよく見られるでしょう。メリッサさんにその意図があるわけありませんわ」

「ぐぬぅ……！ あ、頭では分かっているのですが……！」

まさかアルベールがこんな風になるとは思わず、頭痛にも似た頭の重さを感じる。

最近は少し落ち着いてきたと思ったのだが、悪い病気が出たようだ。

まあ、実際に覗かれている最中《さなか》に妙な気恥ずかしさを覚えたのは事実だが。

「そうだぞアルベール王子。同性なのだから何もやましい事はあるまい」

「そ、それはそう、なのかな……」

そこに、コレットの掩護《えんご》射撃が入る。

アルベールを落ち着かせる側なのは珍しいなと、俺は感心から眼を僅かに見開く。

「それにミレーヌの着替えなど、私だって毎晩見ているからな！」

「ううう――ッ！　貴方《あなた》という人はァー！」

コレットに限ってそんな訳はないのだが。

少しでも期待した俺がバカだった。コイツこそ、不当な力で己の欲望を実現している張本人だというのに。

「落ち着いてください。皆さんこちらを見ていらっしゃいますわ。コレット皇女もご容赦を」

「ここからが面白いのに。仕方がないなミレーヌは」

「く、くう……！　他ならぬミレーヌ様がそうおっしゃるのならば……！」

と言いつつ、納得がいっていない様子なのはありありと分かる。

どうすればこの阿呆《あほう》の頭を冷やせるのだろうか。

「準備運動はそろそろ十分だろう。今日は組み手形式で訓練を行う。二人組みを作ってもらおう」

収拾がつかなくなってきたところで、散開した生徒達に届くよう教師の声が張り上げられる。

丁度良かった。暴走したアルベールも、それを煽《あお》るコレットも、ひとまず教師の指示には従うだろう。

二人組みを作るという事は、今日は組み手か。

「ミレーヌ、いつもどおり一緒に組もう」

「ええ、喜んで」

こういう場合、俺は自分と最も実力が近いコレットと組んでいる。

俺とマトモに打ち合えるのがコレットだけだからだ。

アルベールも己の無力を嘆きつつ、それをよしとしている。

「メリッサ嬢。もしお相手がいないようでしたら、僕と組みませんか」

だが今日は、少し違った。

ぎらぎらとした眼で、メリッサに声を——いいや、違うな。勝負を挑むアルベール。

「私と？　……アルベール様が？　わ、分かりました……」

一方で、メリッサはアルベールの態度に覚えがないようだ。

仮にも自国の王子が相手という事で最低限敬意を払った受け答えをしているが、困惑——有り体に言えば「何だコイツ」という感情がありありと見て取れる。

アルベールとしては、俺の着替えを覗いたメリッサをとっちめてやろうといったところだろうか。そこに八つ当たりの気持ちも含まれるかもしれないが。

「なんだか面白そうな事になっているな」

コレットが顎に指を添わせ、乗り出すような動作で二人を見つめている。

全く、また面白がりやがって。鼻から息を出して呆《あき》れを表す俺だが――

実際のところ、興味はあった。

今までの精神修行とは違う、実戦を意識した訓練を施すようになったアルベールがどこまで伸びたか。

それに――

「……」

メリッサが木剣を構える。すると、極めて乱れのない魔力が体を覆い、武器を包んだ。

「……！」

「ほう」

眼を見開くアルベール、感心から吐息を漏らすコレット。

――やはりだ。見立てでしかなかったが、メリッサは結構やると見ていた。

とは言っても、特別に戦闘訓練を受けていたりするわけではない。構えは素人《しろうと》のそれだし、意識の配り方も戦闘用に整えられたものとは程遠い。

　だがその魔力の量と操作の技術は大したものだ。

「おそらく、かなり魔力を使い慣れていますわね。日常的に、かなりの量の魔力を使って
こられたのでしょう」

　幼い頃からかなりの量の魔力を使ってきたのだろう、そう予想させる力強く穏やかな魔
力。

「とすると、最近私やアルベール王子がしていたような訓練を？」

「いいえ、恐らく戦闘を意識した訓練を積んだというわけではないでしょう。魔力を使い
続ける訓練ではなく、魔術を沢山使った結果で身についたものだと思いますわ」

「魔力に対して構えが疎《おろそ》かなのはそれでか。合点《がてん》がいった」

　戦闘技術に関しちゃコレットもなかなかのものだ。メリッサが持つ違和感には気づいて
いたらしい。

「では、ミレーヌはどう見る」

「と、言いますと？」

「アルベール王子とメリッサ、どちらが勝つかさ」

　腕を組んだままに、横目で試すような笑みを向けてくる。

答えは自分でも分かっているだろうに。くだらないとは思いつつも、答える。

「十中八九アルベール様でしょうね。魔力の量や操作技術ではメリッサさんの方が優れていますが、今回の組み手では攻撃魔術は禁止されていますから。そうなると、アルベール様の剣術はあれで中々のものです。勝負に絶対はありませんが、チャンスはほぼないと言っていいでしょう」

「模範的な回答だな。ではもし実戦ならば？」

「いくらかは分からなくなりますが、それでもアルベール様でしょうね。メリッサさんは一対一よりも多対多の戦闘に向いているタイプでしょうから」

即答する。

メリッサの魔力の操作技術は大したものだ。長い年月で条件反射的に体に刻み込まれた技術なのだろうと思う。魔力こそ俺の方が高いが、コトそれを扱う技術に関しちゃ、キャリアでメリッサが一歩優れるだろう。

だが、それだけだ。一対一の戦闘じゃ、何よりも戦闘の経験と体の使い方がモノを言う。それこそ、魔力を持っていないかつての俺が傭兵《ようへい》として名を馳《は》せる事も可能だというくらいに。

そこんところに気づいているヤツは、この時代にはまだあまりいないだろう。

「始めましょうか、遠慮なくどうぞ」

「……お願いします」

さて、では実際にはどのように動いていくだろうか。

先手を譲られつつも、メリッサは慎重だった。魔力の扱いに長《た》けているという事は、相手の魔力を測る技術にも優れているという事だ。

アルベールに対して、魔力で勝っている事はメリッサ自身気づいているのだろうが、それでも迂闊《うかつ》に攻めない事を考えれば頭の方は切れるのだろうと思う。

一方でアルベール。先手を譲りつつも、空中をなぞるように、レイピアを模した細い木剣を動かし続けている。絶えず動く事で狙いを絞らせず、自分の体も温めておく完全な迎撃狙いだ。口では紳士を装《よそお》いつつ、自分の得意な場に相手を引きずり込もうとしている強《した》かさは気に入った。

それでいい。心中でそう呟《つぶや》く。これは遊びに過ぎないが、実戦じゃ生きてナンボだ、使える手札はなんでも使え。貴族ならば嫌うような教えを実践しているアルベールを見て、ガラにもなく満足している自分に気がついた。

なんだかんだで、弟子としちゃアルベールを可愛《かわい》く思っているのかもしれないな。

自分の教えに対して真剣に向き合う姿勢は、中々どうして悪くない。

さて、どうなるか。迎撃の体勢を整えるアルベールをメリッサは警戒している様子だが

──漠然と攻めづらさを感じているだけで、その構えや意識の配分までは経験不足で思い至らないだろう。

「やっ！」

結局、痺《しび》れを切らしたメリッサが仕掛ける。

一瞬で爆発的な魔力を発し、凄《すご》まじい踏み込みを見せる。

中々のものだと思っていたがここまでとは。よほど魔力を使い込んだと見える。

しかし──

「なるほど、流石《さすが》は巫女《みこ》殿。素晴らしい魔力です……でも！」

「……っ！」

木剣を巻き込むように受けつつ、弾《はじ》くように切り払う。

剣術ならば、アルベールの方が遥《はる》かに上だ。ましてそこに戦う事への慣れを含めれば、その優位は圧倒的である。

ある意味では、これこそが戦いの本質に近い。魔力の量は戦闘を決める大きな要素ではあるが、決定的な部分はもっと別のところにある。

魔力を多分に込めたメリッサの一撃は、木剣ながらに戦鎚《せんつい》のような威力を持っていた事

だろう。しかしそれも来ると分かっていれば避《よ》けるのは容易《たやす》いし、それなりの魔力があれば受けるのもさほど難しい事ではない。

そのタイミングを捉えるのが、戦闘に慣れた〝眼《め》〟だ。

大きく体勢を崩されたメリッサが、息を呑《の》む。体勢を立て直すつもりなのだろう、飛び退《の》くために足へ魔力が集う。

戦闘という僅かな時間が連続する最中《さなか》、咄嗟《とっさ》にしたい事ができる。体を動かすように魔力を扱う技術は大したものだ。

「……！」

しかしアルベールは回避行動を読んでいた。

速度では勝るメリッサだが、先読みしてアルベールが動いていたために体勢を立て直す時間が与えられない。

剣を振りかぶるアルベールに対し、木剣での防御を試みるが――

「あ、くぅっ……！」

不安定な体勢のために受けきれず、尻もちをつく。

「勝負ありですね」

「……参りました。流石はアルベール王子、です」

決着を宣言しつつ、勝利を宣言するアルベール。

メリッサがまだ呆《ほう》けた様子で、差し出されたアルベールの手を取ると、組み手を見ていた生徒達から歓声が湧き上がる。

無理もない。たった数回の打ち合いだが、学生という枠組みの中じゃ十分ハイレベルと言っていい出来だったからな。

戦闘技術を学びたての雛鳥《ひなどり》共じゃ、眼で追うのもやっとだったろう。

「見事だった、アルベール王子。良《い》い眼をしておられる」

「ありがとうございます」

そこへ、組み手を見ていた教師が賛辞の言葉を述べに来る。

アルベールは落ち着き払った様子で礼を返した。

……ヒヨッコだとばかり思っていたが、こうしているのを見ると中々サマになってやがる。

俺の眼からすりゃ未熟な事には変わりないが、成人する頃には立派な剣士になっている事だろう。最低限は必要とはいえ、それが王子に必要な技能かどうかはおいといてだ。

「メリッサ＝テュリオ。きみも素晴らしい魔力の扱いだった。強大な魔力を流麗に操る技術は見事の一言だ」

一方で、ハイレベルな戦いというのは強者一人では実現しない。アルベールに迫るレベルの戦いを見せたメリッサにも、評価する言葉が送られる。

「だが、剣技ではアルベール王子が一歩も二歩も先を行っていたな。――皆、見ていた者はよく分かったろう。戦闘において魔力は最も重要な要素だが、剣技もまた同じくらいに重要であると！　この一戦を胸に、一層鍛錬に励んでほしい！」

優れた両者をして、結果を分けたのは剣技の差だ――と、そう締めくくって、教師は鍛錬の再開を促すために手を叩《たた》く。

良い教材になるってんで、生徒達がアルベールとメリッサの戦いに釘付《くぎづ》けになっているのを良しとしていたようだ。

入学したての頃はさんざハネ回ったんで、この年頃のヤツらのレベルはだいたい把握している。それで言うとこの一戦は三年生でもそう演じられる者はいないだろう。生徒達に見せておきたいという気持ちはよく分かる。

が、それじゃ四十点というところだな。剣技に魔力、なるほどどちらも戦いを決める上では重要な要素だが、最も重要なのは、今アルベールが見せた『経験』と、それによって培《つちか》われる『柔軟性』だ。

この教師の言葉も間違っちゃいないのだが、それでもその言葉の前提には『魔術』と

『剣技』を用いた『正々堂々』という前提がある。

実際の戦場で生き残るなら『勝ち方』を知っていなければならない。

アルベールも実戦経験は乏しいが、俺が実戦仕込みの技術を叩き込んでるんだ。屋敷《やしき》で過ごしていた時期も毎日とはいかねえが頻繁にぶっ倒れるまで鍛えていたのは伊達《だて》じゃあない。

意外にも、てめえで仕込んだヤツが認められるってのは悪くない気分なのだなと鼻を鳴らした。

「しかしアルベール王子の剣技は見事だったな。どこで学ばれたのかな」

なんて、いい気分でいるところに突然急所を突かれた俺は固まった。

……そいつはマズいぜ先生よ。

「よくぞ聞いてくださいました！」

アルベールがそれを聞かれて黙っていられるはずがねえ。

胸に手を当て、高らかに吟じるように語りだしたアルベールはもう止められない。

「ぼくの剣技は基本こそ王宮お抱えの講師に教わったものですが、その他に関しては全て、敬愛するミレーヌ様に教わったものです！　先生は先程ぼくの腕を褒めてくださいましたが、ぼくの剣技などミレーヌ様に比べれば雛鳥のようなものなのです！」

諂《うた》うアルベールにあっけにとられたのも一瞬、全クラスメイトの視線が俺へと向かう。

「ほう……彼女のただならぬ身のこなしは知っていたが、それでさえまだ本気は見せていなかったという事か」

「その通りです！　力強く、美しく、そしてあらゆる状況に対応する柔軟性は王国――いいえ、世界を探しても二人といないでしょう！　このアルベール、ミレーヌ様の美しさに惚《ほ》れ込んで、少しでも近づけるようにと努力をしていますが、まだその足元にも及んでおりません」

最高に気持ちよくなってしまっているアルベール。猫をかぶってさえいなければ大股で歩いていって頭に拳骨《げんこつ》を落としてやるところなのだが、お淑《しと》やかな……というのはもう無理があるが、お嬢様で通っている今、それはできない。

「確かに、上級生のいじめから救っていただいた時の華麗な剣捌《けんさば》きといったら……」

「文武両道というわけですね。流石はミレーヌさま！」

ざわめきが巻き起こる。

将来の事を考えれば目立つのもハクがついて悪くはねえのだが、今現在必要以上に目立つのも煩わしい。

「……なるほど。思った以上に、慕われてる」

あのメリッサまでもが感心した様子でこちらを見ている。

ああくそ、できる王子だってんで、無駄に発言力を持っていやがるのでたちが悪い。

「くくく、人気者だなミレーヌ？」

「ご勘弁ねがいてぇですわ」

喧騒《けんそう》の中、隣のコレットにだけ聞こえるように愚痴る。

これも将来、腕っぷしを売る事業を始めるのならば良い宣伝にはなるのだろうが……

期待に満ちた、輝く眼差《まなざ》しなんてのは前世じゃ縁がなかったものだ。どうにもむず痒《がゆ》さを感じる。

気を紛らわせるように、木剣を構えた。

「さあ、私達も始めましょうコレット皇女」

「うん？　私は構わないが」

気を紛らわすのならば体を動かすのが一番だ。

コレットに向かって木剣を構えると、コレットも獰猛《どうもう》な笑みを浮かべて答える。

……これが間違いだったと気づくまでには、さほど時間はかからなかった。

午後の実技の授業は、大歓声の中その時間を終えた。

第七話　潜入

「……と、いうわけで。名もなき集落はもはや滅亡しかないという苦境を切り開き、その勝利をもって建国の旗を打ち立てたそうです。これが『イルタニア』という国の始まりだとされているようですわね」

夜時間。

俺は集まった女子生徒を前に、イルタニアの歴史を語って聞かせていた。

寮での夜の自由時間は、俺はコネづくりと自分の復習を兼ねて、談話室で女子生徒に勉強を教えている事が多い。

基本的にそれは誰かが俺のもとに個人的な問題を持ってくるという形が通例なのだが、今日はいつもとは違い、大勢が集まって講義の様相を示している。

「へえ――……今や大国のイルタニアも、最初は小さな集落から始まったのですね」

「とてもためになりましたわ、ミレーヌ様！」

というのも、今日の授業が各国の歴史についてだったからだ。

この大陸には大小様々な国家がひしめき合っているため一つ一つを丁寧に学ぶ事はしないが、その中でも大国と呼ばれる国には歴史の授業的に大きい比重が置かれている。

それで、大国と呼ばれる五カ国のうちの一つであるイルタニア出身である俺に話を聞こうと、生徒達が集まっているというワケである。

正直なところ、個人的にはこの話はあまり好きではない。

「一説には、圧倒的な戦力差を覆《くつがえ》したのは神様からお力添えをいただいたから、という説もあります。この神様の名前が『イルタニア』。つまりイルタニアという国の名前は、神様からお借りした、という事になりますわね」

「『イルタニア教』の神話ですね！」

「ええ。よくご存じですわね」

嬉《うれ》しそうに補足をする女子生徒に微笑《ほほえ》みかける。

――俺が『イルタニア』の建国の話が嫌いなのは、『イルタニア神話』との関わり合いが深いからだ。

というか、国の名前にもなっている時点で切っても切り離せない。よく勉強した、という評価をもらうならば、このくらいの事は知っていなければならないだろう。

実際やがてイルタニアとなる国が臨んだ戦いは、それは絶望的なモノだったらしい。それこそ、神頼みでもしなきゃどうにもならないくらいにだ。

まあ歴史なんて——まして神話が絡《から》む建国の話なんぞ盛ってナンボだと思っているので、どこまで信用していいものかは分からないが。

「ほう、なるほどな。建国の時には既に信教があったというのは興味深い話だな」

「ええ、そのようですわ。イルタニアの歴史が長い事を考えると、面白く思います」

「それだけイルタニアという国にとって、イルタニアという神が重要という事だな」

「はい」

それに、話半分と割り切ってしまえば小話としてはそれなりに面白さもある。

感心した様子でコレットが頷《うなず》く。最初に女子生徒達が話を聞きに来た時はつまらなそうにしていたのだが、いざ話を聞き始めるとそれなりに興味がそそられたようだ。

とはいえこの奔放皇女はじっとしているのが苦手だ。

痺《しび》れを切らしたのか、後ろからもたれるようにして抱きついてくる。そろそろ暑くなってくる季節にこれは鬱陶しい。

「うふふ、本当に仲が良くていらっしゃるのですね、ミレーヌ様とコレット皇女は」

まあ実際仲は良いのだが、女子寮では『そういう』関係も珍しくないと聞く。

誤解されては敵《かな》わないとコレットを引っ剝《べ》がそうとするが、上機嫌のコレットは抱きつく力を更に強めてきた。

ええい鬱陶しい……と、力ずくで剝がせりゃあいいのだが、流石《さすが》に衆目の中で無理やりというのもイメージが壊れるのでしたくはない。

「そう見えるか。いい眼をしているな、ええと……」

「サラと申します」

「サラだな。覚えておこう」

俺との——今のところは——親愛を公言するコレットが仲睦《むつ》まじいと言われて機嫌が青天井になりつつあるなか、眼を瞑《つぶ》って憮然《ぶぜん》とした顔になる。

別にこのままでも害はないっちゃないのだが、やはり関係を疑われるのは困る。

「……こほん、それではそろそろお開きにしようと思いますけれど、イルタニアの事でなにかご質問はございますか？　私が知っている事でしたら、お答えしますわ」

というわけで、無理やり話題を変えていく事にした。

真面目な雰囲気を作ると、名残惜しそうにコレットが離れていく。線引きはある程度しっかりしているのが憎めないところだ。

「……一つ、ご質問が」

と。そこへ挙手をする女子生徒が一人。

「ええ、どうぞ――？」

しかしそこで俺は違和感を覚えた。

人脈づくりに毎夜の如《ごと》く勉強会を開いているだけあって、この女子寮に関しちゃ俺はそれなりに顔が広いつもりだ。

だが、質問をした少女に見覚えがなかった。……いや、どこかで見た事がある気もするのだが――少なくとも、同じクラスにこんな女子はいなかったはずだ。

他のクラスまで全員を把握しているわけではないので自信は持てないが、こんなヤツがいただろうか？

「イルタニアの神話を語る上で、欠かせない存在があるはずです。『スルベリアの髪』について、お聞かせ願えますか？」

長いブロンドのロングヘアに隠れ、顔はよくは窺《うかが》えない。

しかし、また一つ違和感が高まる。

『スルベリアの髪』。確かに、イルタニアの神話を語る上ではそれは欠かせない存在だ。

一説には――イルタニア建国の戦いには『スルベリアの髪』がいて、一騎当千の活躍をしたとの話もある。

……言うまでもなく、『スルベリアの髪』は俺の髪色の事を指す。自慢話みたいになるので敢《あ》えて話さずにいたのだが。

「……ええ、イルタニア神話では『スルベリア』という花と同じ色を持つ、白と赤の髪を『スルベリアの髪』と呼び神聖視する事もあるようですね」

「あ！　私知っていますよ。『スルベリアの髪』の持ち主は、様々な才能に恵まれる事から『神の寵児《ちょうじ》』とも呼ばれているのだとか！」

「ミレーヌ様なら納得ですわね！　比類なき美貌に、優れた剣術、何よりも強大な魔力をお持ちでいらっしゃいます。神様でもそれは愛らしく思ってしまうというものでしょう」

案の定、わいのわいのと騒ぎ始める女生徒達。

この雰囲気が嫌だったから黙っていたのだが。褒められるのはどうにもむず痒いし、自分で『スルベリアの髪』を話したんじゃそれを催促したみたいで二重にサイアクだ。

これをピンポイントで突いてくるとなると、質問をしたヤツは、間違いなくイルタニア神話に深い造詣《ぞうけい》がある。

かつ、俺に対して嫌がらせのような事をしてくるとなると――メリッサのように、知らぬ間にこの女生徒の恨みを買っていたのだろうか？

横目で、講義を聞いていたメリッサ――更に距離は近づいている――に視線を送る。

すると、首を傾《かし》げられた。少なくともメリッサの手引ではなさそうだが。

「そうです、ミレーヌ様は……イルタニア国の至宝なのです！」

……これも嫌がらせ、といえば嫌がらせだが。

謎の生徒から飛び出したのは、むしろその逆。俺への拗《こじ》らせた感情を示すものだった。

立ち上がった生徒がストレートの金髪を振り乱し、コレットを指差す。

「軽々しく、そのようにぼ、ボディタッチをするなど！　到底許される事ではないのですよッ！」

声を荒らげ、鼻息荒くコレットに敵意を向ける。

突然変貌した空気に、談話室に集まる生徒達の間にざわめきが起こる。

挑戦とも言える言葉に、むしろコレットは笑みを強める。挑まれれば燃える、そういう人間だ。

俺を嫌っているのではなく、どうやらその逆であろう乱入者の登場に、面倒くせえとため息が漏れそうになる。

しかし――

「……ッ⁉」

「なっ……⁉」

コレットと同時に、俺は表情を歪《ゆが》める事になった。

コレットを指差し憤慨する、長い金髪の少女はまっすぐにコレットを見据えている。

そのため、今までは俯《うつむ》いていて金髪に隠れていた顔が顕《あらわ》になっていた。

よく整った顔は同年代と比べても幼気《いたいけ》で、大きな瞳は可愛《かわい》らしい。そう、女の子よりも女の子らしい瞳とでもいうべきか。

「な……ッ⁉　アル……むごっ⁉」

そう、女の子よりも女の子らしいというからには、謎の生徒は女子ではなかった。

その名前を叫びそうになるコレットへ瞬時に反転し、俺はその口を塞いだ。

「お、おほほ……！　見ない顔ですわね！　よろしければこれを機会に、是非親睦を深めたいものですわ！」

「光栄です！　ミレーヌ様！」

長い髪のかつらをかぶっているせいで、眼を輝かせて拳を握り込むその姿は、少女そのものだった。

そう。少女ではない。

……俺が知る限り、この年齢でここまで声も、姿も完璧に少女に化ける事ができる男は一人しかいない。

口を塞いだコレットを睨《にら》みつけるように、視線にメッセージ――いいや『念』を込める。

『喋《しゃべ》ったらどうなるか分かるな？』

困惑しつつも、コレットはこくこくと頷きで肯定を返す。流石にこればかりはコレットも面白がったりはしないだろうと信じて、俺はコレットを解放した。

青筋が走る満面の笑みを張り付けて——俺は『ルル』の手を引く。

「さ、消灯時間まではまだ時間があります。後は私達のお部屋でお話ししましょう？　ねえ『ルル』」

「は、はいっ……？」

元気よく返事をする『ルル』だが、本能で俺の怒りを感じ取ったのだろう、声が上ずる。

「それでは突然ですがこのあたりでお開きとしましょう。ごきげんよう、皆様」

一方的に『イルタニア』の講義を打ち切って、俺は今は少女の手を引いて談話室を後にするのだった。

◆

「おいてめえ……一体なんのマネだ……!?」

部屋に戻るなり、俺は長い金髪を揺らす少女——に、化けた某国の王子を前に、声に明らかな怒りを交えて詰問《きつもん》していた。

俺の一言ごとに少女に見紛《みまが》う細い肩が震える。

「そ、それはですね、ミレーヌ様……」

「イルタニアの王室じゃ、大事な話をするときにはフザけた被《かぶ》り物《もの》をするって教えられてんのか？」

しどろもどろになりながら口を開いたアルベールを遮るように、言葉を被せる。

肩を落とし、小さくなりながらもアルベールはブロンドのカツラを取り外した。

そこに現れたのは、女子の制服を身にまとう金髪ショートヘアの——やっぱり少女にしか見えない少年であった。

「はあー……」

意思とは裏腹に、大きなため息が漏れる。

まさか、まさか一国の王子が女装して女子寮に潜り込むとは誰が予想できるというのか。

……正直女物の服を着る事には俺自身疑問を抱かないでもないが、まさかそれを、やがて国を率いる立場にある者がやってのけるとは。

「なんなんだてめえはマジでよ……何を考えてたらこういう事になるんだ……」

これならまだ夜這《よば》いでも掛けられたほうがマシだった。その時は蹴り飛ばしてやれば済んだからだ。

特殊な性癖を否定するつもりはねえが、その前に自分の立場ってモンを理解してほしいものである。

「ま、まあまあ……そう怒っていてはアルベール王子とて話しづらいだろう。話をする間だけでも大目に見てやってはどうだ？」

なにせ、あのコレットがアルベールの肩を持つくらいだ。

優しさというよりはドン引きから出た言葉だろうが、コレットに言われて俺はよほど怒っていたのだろうと自覚する。

弁明を求めるのに圧をかけるのは下の下のやる事だ。マトモな言葉なんざ出てくるわけはないし、何だったら保身のためにウソを吐《つ》きかねない。

今度は逆に一気に体から力が抜けていくのを感じながら、俺はアルベールの言葉を待った。

「あの、その、ですね……」

この期《ご》に及んで言いよどむその姿にまた苛立《いらだ》ちが湧いてくるが、怒りは冷静な判断を失わせると自分自身に言い聞かせた。

やがて、時間をたっぷりと要してからアルベールが口を開く。

「し、心配だったのです！　このままでは、コレット皇女に一歩も二歩も先を行かれてしまうのではないかと！」

「あァ？」

そうしてアルベールから語られたのは、要は俺がコレットに取られるかもしれない、というような事だった。

今度は呆《あき》れで体から力が抜けていく。

だからといって、女装をして女子寮に飛び込むか？　理解ができないものに直面すると、ヒトは頭の働きが止まっちまうようだ。

バカだ。バカだバカだとは思っていたが、まさかこれほどの超弩級《ちょうどきゅう》のバカだとは。

「ほう……つまり私と張り合うつもりか。中々見上げた根性じゃないか」

だがそんなバカが一人じゃないというのが頭の痛いところだ。

コレットも目的のためなら手段を選ばないタイプだし、そして面白ければ何でも良いという快楽主義の一面もある。

満足げなその瞳は、好敵手を見つけたとでもいわんばかりである。

この凶行に走らせるまでに至った宿敵からの挑発的な言葉に、アルベールの肩が震える。

「……ぼくは、退《ひ》くわけにはいかないのです」

その眼《め》に決意を宿らせて、顔を上げるアルベール。

決意を感じさせる『漢《おとこ》』の瞳に、思わず聞き返してしまう。

「退けぬ理由があるのです……！　使える手札は何でも使えと仰《おっしゃ》ったのは、他ならぬミレーヌ様ではありませんかーッ！」

聞いて後悔した。

「うーん！　やぶれかぶれとはこの事！　私が言うのもなんだが、大丈夫なのかこれは！」

「それはイルタニアの将来ですか？　それともこの王子様の頭の方でしょうか？」

開き直ったアルベールを見て、コレットが愉快そうに笑う。

こっちは笑いどころじゃあない。恨みの念を込めて、敬語でその意味を問う。

「両方！」

コレットは威勢よく応えた。眉間をつねってから、俺は呪詛《じゅそ》のように吐き出す。

「同感だぜ……」

久々に、頭が重く感じる。いや、ある意味では確かに俺の教えに忠実だったと言えるだろう。この学園において、完璧な女装という『手札』を持っているのはアルベールだけだろう。故にここまで――俺の部屋まで誰にも疑問を抱かれずに潜入するという離れ業をやってのけている。

だがアホ過ぎだ。

「しかし！　その意気やよし！　是が非でも手に入れる、敵に渡してなるかという根性、気に入った！」

アルベールだけではない。コレットもまた同じく。

「はァー……」

頭を押さえながら、思い切りため息を吐《つ》く。

正直呆れる。呆れるが――どうやらマジに俺がコイツの根性を叩《たた》き直さなければならないようだ。

コレットの方もなんとかしたいが、こっちは立場がある分根が深い。

だからまずは――

「いいかアルベール」

「はっ、はいっ!?」

刃《やいば》のような視線でにらみつつ、アルベールの頭を摑《つか》む。

「てめえは明日から、ここで死んでいた方がマシだったたって思うくらいシゴいてやる」

「えええーッ!?　そこは強《したた》かなやり方を褒めてくださったりしないのですか!?」

――まずは、アルベールからだ。

どうやらコイツはコイツで図太く成長しつつあるようだが、最低限の倫理観ってモンを身に付けてもらわなきゃ困る。

いや、国を率いる立場だ、使えるものならば何でも使うという姿勢は非常によく評価できる。だがそれと同じくらい、周りに舐《な》められないように気高くいなければならない。

例えば――完璧なタイミングの不意打ちで、国を落としたあの女帝のように。まあああそこまで要求するのは酷というものかもしれないが。

……そうは言うが、当然アルベールにも彼ならではの良いところがある。『悪い女』にだまくらかされなければ民衆に寄り添える、好かれる王になるのだろう。

だがこれからの時代は恐らくそれだけじゃあダメだ。だからこそ、俺が鍛え直してやる。

最低限、故郷がそこに在り続けられる程度には。

「で、でもミレーヌ様に特別手をかけていただけるというのならば、それも良いのかも……」

そうは言っても、今はただの変態だが。

女装趣味までは個人で愉《たの》しめば良いと思うが、それで女子寮に潜入するってのはいただけない。仮にも王子サマなんだから、社会的地位は大切にしろという話だ。

「……せいぜい楽しみにしてな」

「はいっ！」

それ以前に、皮肉くらいはキッチリ受け取ってほしいもんだが。

頭は悪くないはずなのだが、俺が絡《から》むとどうにもコイツはバカになる。

恋は盲目……なんて自分で考えてアホらしくなった。コイツのそれは、恋というのとは少し違う気がする。

「……ちっ、まあいい。見回りが来たらコトだ、さっさとカツラ被って帰りやがれ」

「分かりました！　また明日お会いしましょう！」

再びカツラを被ったアルベールは、また少女にしか見えなくなった。

よく見れば薄《う》っすらと化粧が施されているような――そう気づいたのは、振り返るその際の事だった。

深い礼をしてから、アルベールは躊躇《ためら》いなく扉を開けた。

少女にしか見えない少年は堂々と女子寮に侵入し、そして堂々と男子寮に帰っていくのだろう。……少々、どこで女子に化けたのか気になるが。いや、そういえば制服はどう手に入れたのだろう。

世の中気がつかない方が良い事もある。そう思って、それ以上考えるのはやめた。

「ふぅむ」

「どうした？」

扉が閉まって静寂が訪れると、俺を見つめてコレットが唸《うな》る。

「いや、キミにしては随分と優しい処遇だなと。アルベール王子にとって、特別手を掛けてくれるというのは褒美《ほうび》に他ならないと思うのだが――」

純粋な疑問が半分、納得がいかないという表情が半分でコレットが鼻から息を押し出した。

女子寮に侵入したにしては処分が軽い――そう言いたいのではなさそうだ。

それよりもこれは、本来なら罰せられるはずのアルベールが、逆に『オイシイ思い』をする事に嫉妬しているといった表情だろうか。

「羨ましく思われますか？」

しかし俺は膨れるコレットに、笑顔を作って逆にそう問いかけた。

敢《あ》えて変えた口調、張り付けた笑みに、コレットの顔が引き攣《つ》る。

「……あ、いや、私が甘かった」

分かればいい。鼻を鳴らして、俺は寝支度を始める。

いい加減、もう消灯時間だ。見回りが来る前に寝る準備を済ませちまいたい。

まったく、どいつもこいつも余計な考え事を持ってきやがる。おかげで連日寝不足だ。

「もう寝ちまうぞ。着替えたら灯《あか》りを消してくれ」

「分かった。おやすみ、ミレーヌ」

コレットの挨拶を背に、毛布をひっかぶる。

こんなのは傭兵《ようへい》時代にはなかったなと、俺は口角を歪《ゆが》めるのだった。

第八話　祭典

「し、死ぬぅ……死んでしまいます……」

午後の授業を控えた昼下がり。

半死人となり机に突っ伏したアルベールが呻《うめ》き声をあげる。

その有様《ありさま》は凄惨だと言っていい。腕を組む余裕すらなく、顔を直接机に横たえる姿はゾンビだってもう少し元気があると言えるだろう。

「ははは、たった一度の逢瀬《おうせ》の代償がこれとは、高い買い物をしたなアルベール王子！」

疲労困憊《ひろうこんぱい》の理由はもちろんあの一夜。女子寮への入場料のツケだ。

俺達は主に放課後に鍛錬をしているほか、昼休みが余った場合などにも軽い運動をして過ごしているのだが、あの夜以降アルベール用の特別メニューとしてそこに早朝の鍛錬を追加している。

常に魔力を纏《まと》う『長距離走』の訓練の最中《さなか》に更に短距離走の訓練を追加するような、苛烈なメニューにアルベールは毎日を文字通りの必死で過ごしている。

「な、なんの……ミレーヌ様とのお時間が増える事を考えれば、これしき……っ」

その甲斐《かい》あって、ここ数日でアルベールの根性は急速に成長しつつあった。

もともと頑固なやつだ、素質はあったのだろう。瀕死《ひんし》の状態でもコレットの皮肉に皮肉を返すような根性が身につきつつあるのは、面白い誤算である。

それも若干変な方向性じゃあるんだが、この際贅沢《ぜいたく》は言うまい。無理な鍛錬に食《く》らいついてくるだけあって、実力の伸びも目覚ましいというのは素直に感心する。

と言っても、前線に立つべきではない王子としてバリバリ戦闘技術を磨き上げるのもどうかとは思うのだが――打てば響く。そんなアルベールの存在を、楽しく感じている俺がいる。

だからこそ少々やりすぎちまうところもあるのかもしれない。……前世でも俺の戦闘技術を学びたいってヤツはいたのだが、どいつもこいつも根性なしだった。『獣』の剣技にはとにかく体幹の良さが重要になるので基礎から叩き込むのだが、その最中に「結局技術を教える気がない」とやめていく――っと、こんな愚痴はどうでもいいか。

とにかく、だ。そんな経験もあって、文句一つ言わず愚直に食らいついてくるアルベールのようなヤツにはついつい好感を持ってしまうのだった。

「アルベール様……ミレーヌのいじめ、ですか……？」

メリッサが訝《いぶか》しむような瞳を向けてくる。

ハタから見たらイジメのように見えるという事は、前に教えを乞いに来た奴《やつ》らも同じように感じたのかもしれない。

もはやその距離は距離とさえ言えないようなものだったが、まだ俺の事が信用しきれないらしく、俺とは直接喋《しゃべ》ろうとはしない。

「誤解をなさらないでください。ミレーヌ様はぼくのお願いに、貴重なお時間を割いて応えてくださっているだけです」

しかしそんなメリッサの敵意が気に食わないらしく、アルベールは強い視線でメリッサの言葉を否定する。

小っ恥ずかしくも嬉《うれ》しいのは、その気持ちが少しだけ分かるからだ。

「まあまあ……私は気にしておりませんわ」

「……少し、感じが悪かったです……ごめんなさい」

それに、もうメリッサにも心底からの嫌悪《けんお》がないのはなんとなく感じている。

メリッサにあった、飽くまでも俺は『敵』だという事を前提とした態度が、ここ最近はなくなっているのだ。

だから、こうしてそれを咎《とが》められれば謝罪をしたりもするし、最低限会話にも入ってくる。

「折角でしたら、一緒に会話ができると嬉しいのですけれど」

「……それは、もう少しだけ、できない」

最後の最後で超えられない一線があるのは、まだ変わらない様子だが。

多分その一線こそが、俺の知りたい『何か』なのだろう。そんな直感を、薄々と覚える。

「無理にとは言いませんわ。気が向いたらお話ししてくださいな」

「……ん」

それに、メリッサが言うもう少しという言葉もウソではなさそうだ。

随分と遠回りをしたもんだ。近づくと逃げていくもんだから、向こうから近寄るのを待つしかないという、本当に小動物を懐《なつ》かせるような努力だったと思う。

まだゴールではないとはいえ、少々感慨深い。

「皆さん、席に着いてください」

しみじみとメリッサとの出会いを思い返していると、担任の教師がやってくる。

今日の午後は確か算学だ。貴族といやあ金勘定をするのが仕事みたいなところがあるので、算学はこの学園においても重要な授業の一つだろう。

とは言いつつ、俺自身も、この学問を使うのならば金勘定の時だと思っているのだが。

「それではこれから午後の算学を始めたいと思いますが、その前に一つ皆さんにお知らせがあります」

速やかに席に着く生徒達を見て、担任の教師が満足そうに頷《うなず》いてから授業が始まる――それがいつものお決まりだ。

だが、今日は少し様子が違うようだった。担任の言葉に、生徒達の中で俄《にわか》にざわめきが巻き起こる。

「既にご存じの人もいるかもしれませんが――今日から一ヶ月後、当ゼルフォア魔術学園では算学の一環として『至賢祭《しけんさい》』が開催されます。故に、本日より徐々にその準備を進めていこうと思っています」

行儀のよい嬢ちゃん坊《ぼ》っちゃんが静まるなか、担任が平静を装《よそお》いながら言葉を紡《つむ》いでいく。

だがその顔は、きっと生徒達が喜ぶだろうという自信に満ちていた。

至賢祭。行事予定にあったので名前は聞いた事があるが、どのようなものだっただろうか。

それについてはこれから説明があるだろう。他の生徒と同じように、担任の言葉を待つ事とする。

「至賢祭とは我が校伝統の行事で、主に領主や事業主として活躍する事になる皆さんの将来に向けて今から商業活動を、身をもって学ぼうという催しです。クラス全員で何をしたいかを話し合い、計画を立てて運営する。当日は交代で模擬店を運営しつつ、他のクラスの模擬店を利用してみる——そして、売上や来店数など様々な観点から表彰が行われる。発想に計画、そして努力と成果。それが、至賢祭というお祭りです！」

担任が語る『至賢祭』。それは実際にクラス単位で模擬店を運営し、店と客になりきるという催しだった。

心中でほうと唸る。中々面白そうな試みだ。

要はカネの動き、そしてどのようなものがアタるかという試みを若いうちから試してみようという遊びだろう。

連帯感を煽《あお》り、表彰という形で優劣を競う事でレクリエーションとしての色を強め、遊びながら実践的な商売を学ぶ——と。

俺は貴族学校の知識を求めてここに来たのでそうでもないが、中には勉強や変わらない毎日に飽きつつあるヤツもいる。これはそのガス抜きも兼ねているのだろう。

ガキよりは幾らかスレている俺でも面白そうだと思うのだ、このくらいの年頃のガキならば——

「おおおっ！　面白そう！」

「実際にお店を経営する試みとは、素敵ですね！」

「静かに！　……こほん。これは算学の一環として行われる行事です、余り気を抜きすぎないように！」

そりゃあ大喜びってモンだ。

騒ぎに収拾をつけようとする担任だが、それほど本気で静止しようとしているわけではない。生徒達が喜ぶのは織り込み済みだったろうし、生徒達の反応そのものを楽しんでいる様子も見られる。

「今日の算学の授業は、至賢祭に向けて出し物を決める時間とします。皆さんで何がいいか、話し合ってみましょう！」

まして、退屈なはずの授業がお祭りの準備に変わったのだ、これで静かでいられるわけがない。

「服飾はどうだ⁉　いい生地を知っているぞ！」

「宝飾の方がよろしくはありませんか？　最高の職人を呼んで、素晴らしい作品を作り上げましょう！」

教室が、一気に火が点《つ》いたかのように騒がしくなる。

担任の教師は言葉で制止しつつ、飛び出る意見を一つ一つ黒板に書き写していた。

大したもんだ。よくこれだけ騒がしい中から重要な情報を選び取って、書いていけるものである。

「ははは！　実際に商売を体験するとは、中々面白い事を考える！」

「本当ですね。確かに、実際にお店を経営するとなると、ぼくらには中々貴重な機会になるかもしれません」

コレットとアルベールが感心したように息を漏らす。喧騒《けんそう》にかき消されて、その言葉は近くにいる俺を含めた数名にしか聞こえていないだろう。

コレット達のような王族だと商売を考えたり運営をする機会はないのだろうが、だからこそ余興としての魅力を感じているようだ。

「楽しみですね、ミレーヌ様！」

しかしまあ――出る意見は貴族らしいと感じるものばかりだ。

それも悪くはないのだが、俺の見立てでは、恐らく服飾や宝飾だと、少々芳《かんば》しくない。

俺も商売の事はよく分からないので自信満々には言えないのだが、多分この『至賢祭』じゃ良《い》いものが売れるとは限らないのだと思う。

というのも、飽くまで客は俺達『貴族のガキ』になるからだ。

つまり、カネを持っているヤツが少ない。どれだけ良いものでも、先立つものが無けりゃ手が出ねえ――というわけである。

貴族のガキとは言っても、親の財力をそのまま使えるわけではない。そもそも、貴族だからといって裕福なヤツばかりではない。王族もいれば没落寸前の家もある。それがこのゼルフォア魔術学園という空間だ。

それに加えて祭りという雰囲気。あれもこれもとなるのは間違いない。行きたい店が幾つもあれば、一箇所で使い切っちまうってのは考えづらい。

口を塞ぐように手を宛てがい、ブツブツと言葉を巡らせる。

商売人じゃあねえがなるほど、案外こういう考え事はオモシロイ。

今もなお議論は『最高の商品』に向けられているが、俺が思うにこの『至賢祭』で勝つ、方法とは――

「ミレーヌ様！」

「ミレーヌ！」

「あ？」

と。気がつけば思考に没頭していたようだ。

アルベールとコレットに大声で名前を呼ばれて、掌《てのひら》の奥の呆《ほう》けた顔を晒《さら》してしまう。

「い、如何《いかが》なさいましたか？」

困惑から素が出そうになるも、なんとか取り繕って笑みを浮かべる。

アルベールは困ったように微笑《ほほえ》み、コレットは呆《あき》れた様子で鼻息を吹かす。恐らくこれまでにも何度か呼ばれていたのだろう。完全に不覚だった。

「全く――珍しいな？　随分と深く考え込んでいた様子じゃないか」

「よろしければそのお考え、是非聞かせてもらいたいものです！」

考え込んでいる様子を見て声をかけられたのだろうか。

気がつけば、王族二人の声に教室中の視線が集まっており、全員が固唾を呑《の》んで俺を見つめている。

……参ったね、こりゃ。

ガキのお祭りにいいトシしてしゃしゃり出るのもどうかと思ったので、黙っていようと思っていたのだが。

王族二人に詰め寄られては、固辞するのもかえって無礼だ。

こういう時には対外的なカオを重んじていたのが面倒くさくなる。

「それほどご期待をおかけいただくような考えでもございませんのですけれど……？」

「構わん！　他ならぬミレーヌの考えがぜひ聞いてみたい！」

やんわりと断るも、コレットはずいと身を乗り出してくる。

逃さんという意思表示でもあるのだろう。気になる事は聞かなければ気がすまない。こいつはそういうヤツだ。

アルベールもこくこくと頷いている。こっちも、日ごろ唱える忠誠よりも興味が上回ったようだ。――いや、あるいは俺を大舞台に上げようとしての事だろうか。こんなガキの遊びで名声も何もないのだが。

「……では、僭越《せんえつ》ながらお話しいたしますわ」

ま、こうなっちゃ仕方がねえ。それに俺自身、自分の分析がどの程度通るかはちょいと興味がある。

なるべく大それた事に聞こえるように、たっぷりと溜《た》めてから語りだす。

俺が思うに――

「私が思うに『至賢祭』で好成績を収めるためには――」

この『至賢祭』の勝ち方とは――パイを奪い合わない事だ。

貴族のガキが集まるとはいってもガキはガキだ。財布の中身が無尽蔵とはいかないだろう。

だったら普通にこのクラスの奴《やつ》らも考えるように『最高の商品』を提供するとなると、

財布の中身を奪い合う事となる。

故に、安く提供できるモンが有利だ。だが何かモノを作って売るとなると、安物じゃあ見劣りする。ならばどうするか。

「商品ではなく『体験』を提供する事を提案いたします」

「ほう！　商品を売らずに体験を売るとは、具体的にどのような店になるのかな？」

試すような口調のコレット。しかしその口角は未知への興味につり上がっている。

それはつまりこの場で最も発言力がある人物が、強い興味を示しているという事だ。これはやりやすくていい。

「その日——至賢祭当日にしかできない体験を、提供するお店ですわ。……これ以上勿体《もったい》ぶっても仕方がありませんね。私がこの至賢祭の出し物として提案したいのは『カフェ』です！」

「……カフェ？　なんだ、それは」

「お茶とお菓子を提供するお店の事ですわ、コレット皇女」

「要は喫茶店か。確かに飲食店というのは盲点だったが……それはあまりにもお粗末じゃないか？」

俺の提案に、コレットは珍しく、露骨に落胆の表情を浮かべた。

まあ勿体ぶっておきながら喫茶店をやるってんじゃ、コレットが拍子抜けするのも仕方がないといったところか。

「茶の時間くらい、ここにいる者の殆《ほとん》どは嗜《たしな》んでいるだろう？　休日はコックに茶と菓子の用意をさせている者も珍しくはない。専門店とは言っても、それが特別な体験になるとは到底思えないが」

「ふふ、それがなるのです、コレット皇女」

それもそのはず、この学校に通うのは全員が貴族の子女だ。ティータイムなんかは嗜みのうちで、家を離れて寮に来てもそんなもんは日常の一幕に過ぎない。

加えて、そのための茶と菓子を用意する学園のコックは超を付けても過言ではない一流だ。舌が肥えた貴族のガキを唸《うな》らせるのは並大抵の事じゃできない。

これこそが、出し物が限られる理由だ。普段から良いものを食い慣れており、良いものを見慣れている貴族のガキを相手に商売をするんじゃ、余程良いものか真新しい体験でなければその興味を惹《ひ》く事はできない。

さっき言った安っぽくなるっていうのが全てだ。メシも芝居もそれなりのモノを見慣れている奴を相手にするには、『それなりに良くてここにしか無いモノ』で勝負するのが一番いい。だからこそこの『至賢祭』の出し物は商品に偏ると考えている。

だとするならば喫茶店なんて出し物は下の下だろう。食品を提供するのに、普段から良いものを食べ慣れている貴族のガキが相手じゃまだちと分が悪い。

だからこそ『体験』を売るのだ。

「私が提案するのはただの飲食店ではございません。提供するのは目一杯可愛《かわい》らしい服を、あるいは目一杯格好いい服を着て接客する新時代の『サービス』ですわ！」

そう、それこそがただ『茶を喫する』だけの店ではない『カフェ』という形態なのだ。

「サービスを提供する……⁉」

「ええ。少々下品ではありますけれど、美男美女に良くされるというのは決して悪い気分はしないものです。普段見られないような斬新な服を身に纏《まと》った紳士淑女に恭《うやうや》しく接されるというのは、きっと貴重な経験になる事でしょう」

得意げに語ってみせる俺だが——当然、こんなお遊びは俺が考えたワケじゃあねえ。

頭に下品だと付け足した通り、これはイルタニアの風紀が乱れ始める頃に生まれた形態の店だ。

要は顔がいい女にあざとい服を着せて接客させるというそれだけのサービスなのだが、これが大いに流行《はや》った事を覚えている。

一度だけ、アダンに連れられて行った事がある。その時はわざわざ女を観に行かなくてもてめえにゃカミさんがいるだろうとは思ったものの——その商売の形態にゃ感心したものだ。

なにせ、メシも茶も微妙な味だってのに、連日満員の大人気店だ。その時に行った店がたまたま特別不味《まず》い店だったのかもしれないが、それでも毎日満員ってくらいの客の入りようだった。

そして気づいたのだ。ここの客の中に茶を啜《すす》りに来たヤツは一人もいない。鼻の下を伸ばしている親友を含めて全員が、『衣装』を着た給仕《きゅうじ》を見に来ているのだと。

言ってみりゃ、芝居を見に来たのに近い。入場券の代わりに美味《うま》くもねえのに割高な茶や菓子を頼んでいるというワケだ。

やがて『カフェ』は衣装や接客も細分化されていき、内乱の前にはメイド——にしちゃスカートが短い——服を着た給仕に主人として接客されるという『メイドカフェ』が流行《はや》っていたのだが、まあそりゃおいておこう。

「ですから、この際お茶やお菓子の味は二の次なのです。今この瞬間どこにも存在していない体験、それこそが『カフェ』の本質となりますね」

当然そんなサービスだからある程度顔が良くなきゃ務まらないのだが、幸いこの学校にいるのは顔が良いのとくっついてできた家系をお持ちの貴族様だ。そこは全く問題ない。

メイドを顔で選んでいる好き者が当主の家も——珍しくはないだろうが、恵まれた立場でいるヤツには表情に自信のようなものが宿っているものだ。ヤツらはそれを気品と言ったりもするが——そんな雰囲気を纏っているヤツに接客をされるのはまた格別な体験となるだろう。

「……体験を売るとはそういう事か」

ほうと息を漏らし、コレットが思考に浸る。

さてと、俺の手札はこんなもんだが、最後の関門を突破する事はできるだろうか。

この出し物には一つだけ欠点がある。それは貴族の嬢ちゃん坊《ぼ》っちゃんに客を立てるサービスが行えるかどうかだ。

貴族としては半人前でも、プライドだけは一丁前みたいな奴は多い。接客をする立場になれるかどうかが問題になるのだが、それを容易《たやす》く突破する方法が一つだけある。

「なるほど、飲食店の形態を持ちながらその実態は芝居に近いというわけか！　それは確かに一日限りの特別な体験となろう！」

それがこの鶴の一声だ。

貴族は上下関係を重んじる。この大陸最大の強大国であるコルオーンの皇女が面白いと言ったのだ、他の者達にとっても面白いものでなくてはならない。

学園にいる間はフラットな関係でいる事が決まりとはなっているが、コルオーン皇女との繋《つな》がりはどの貴族にとっても喉から手が出るほど欲しいものだ。少し賢けりゃ、機嫌を損ねようとは思えない。

この場でコレットの一声に異を唱えられるのはアルベールくらいだが——

「流石《さすが》はミレーヌ様です……！　飲食物を主とするのではなく、それを提供する方法にこそ価値を付けるとは、感服いたしました……！」

余程外れた事を言っているのでもなきゃ、アルベールが俺の案に異を唱えるはずがない。未来の事を考えると、言いなりというのも困るが……この商売の本質に気づいているのだ、まるきり考えなしというわけでもないのでよしとするか。

「これならば、お茶やお菓子の材料費もそれほど気にしなくてもよろしいですし、料理人を雇う必要もございません。『衣装』だけは力を入れる必要がありますが、それも人数分作る必要はありませんし、消耗するものでもございませんわ。宝飾や服飾を売るよりは準備に必要な金額も抑えられるはずです」

あとは『至賢祭』用に後押しをするだけだ。

勝つとは優秀さの証明だ。やるからには勝ちたいヤツの方が多いだろう。

「まさかそこまで考えていたとは……！」

「なんと多才なお方……」

コレットやアルベールが思惑通りに盛り上げてくれた甲斐《かい》もあり、クラスはもはや俺の案に異を唱える者はいなかった。

ガキの遊びとは思っていたものの、やはり思惑通りにコトが進むのは悪くねえ気分だ。

「では、皆様私の案を支持してくださいますか？」

「勿論《もちろん》です！」

「是非とも！」

聞く形を取りながらも、飽くまでも淑《しと》やかに、しかし異は認めないというハッキリとした口調で確認を取る。

担任の教師に微笑《ほほえ》んでみせると、あっけにとられていた教師が口を閉じて咳払《せきばら》いした。

「で、では鳳《おおとり》の組の出し物は『カフェ』で決定ですね。……こんなにすんなりと出し物が決まるのは、初めてです」

我の強い貴族の子女が集まる学校だ、普段はもう少し出し物を決めるのに時間がかかるのだろう。

それを纏めたのが上手《うま》く立ち回った結果だと思うと、それなりにはいい気分だ。

「ううむ……余ってしまった時間はどうしましょうか。流石に自習というのも中途半端《ちゅうとはんぱ》な時間ですし――」

「でしたら、役割を決めるのはどうでしょう？」

「ああ、それはいいですね。では皆さんで話し合ってみましょう」

戸惑いから時計を見る教師に微笑みながら、進行を促す。

後は、なし崩し的に美味いポジションを取っちまえば完璧だ。

「少しよろしいかしら。私、実はお料理の経験がございますの。僭越《せんえつ》ながら、お菓子の方を担当させていただければと思うのですけれど……」

狙うはズバリ、菓子を作る役だ。

茶菓子の定番といえば『バノック』だ。要は混ぜて焼くだけで作れる簡単なパンで、大量に作れば、後はジャムでも添えて出せば立派な『ティータイム』の菓子になる。

ジャムは作っても良いが、保存も効くのでその辺の店で仕入れておいても良いだろう。

ちょいと働けば後は悠々サボれるってワケだ。

貴族の嬢ちゃん坊っちゃんは料理なんざした事がねえだろう。接客もそうだが、それは家で雇ってる使用人という見本がある。流石に料理の最中を覗《のぞ》く奇特なヤツはそう多くないはずだ。全く未知の仕事というのはやりたがらないはず。

こうして、俺は言い出しっぺでありながら、ラクラクと美味《おい》しい役職までも手に入れる

――はず、だったのだが。

「……？　何を言っているんだミレーヌ。要はこの『カフェ』は見目麗《みめうるわ》しい給仕――美しさこそが肝要なのだろう？　ならば主役はキミをおいては他にいないじゃないか」

一つだけ、誤算があった。それは先程利用したばかりのコレットの発言力だ。

「なっ……⁉」

予想外の不意打ちに、硬直する。

いきなり何を言ってやがると思った頃にはもう遅い。コレットの発言は、もはやこの場においては決定と同じ意味を持つ。

「茶菓子なんぞ誰でも作れるだろう。適材適所、ある点において最も優れた人材をどうでもいい役職につけるなどバカげている。……何より、可愛らしい服に身を包んだキミの姿を見てみたいじゃないか！」

また、この点においては、支配者然としたコレットの感覚の乖離《かいり》が問題となった。

料理人に聞かせたら、怒れずとも憤《いきどお》るだろう。料理だって立派な技能、立派な仕事だ。

だがコレットはそんな事に興味がない。料理とは作らせて食べる以上のモノではないのだから。

「し、しかし……！」

誰かに救いを求めるように周囲を見回すが――クラスメイト達はコレットの言葉に頷《うなず》くばかり。

この甘ちゃん共が――！

「確かに、美しさならばミレーヌさんを除いては語れないな」

「これだけ革新的なお店の主役とは羨ましいですわ。でも、ミレーヌ様ならば納得ですわね」

「立案者でもありますもの。主役はミレーヌ様にこそ相応《ふさわ》しいですわ」

歯噛《はが》みするが、先程コレットが強い興味を示した時点で接客役は既に『花形』だ。加えて絶対者直々の指名。蹴れるはずもない。

……一人をおいては――！

「あ、アルベール王子……！」

ヤツならば、俺の意図も理解するはず――！

素の言動を知っているアルベールならば、俺が敢《あ》えてこの役を避けたのが分かるはずだ！

もはや形振《なりふ》りかまっていられない。異を唱えろと強い視線を投げつける……！

「……ッ！　ミレーヌ様が──い、いえ……ぼくも主役はミレーヌ様にこそ相応しいお役目だと思います……！」

分かった上で裏切られるとは思っていなかったがな……！

葛藤の百面相の後、アルベールはコレットに同調する形でこの場における最終決定権を行使した。

……冗談だろ。慣れたとはいえ、女物の服に抵抗がねえワケじゃあねえ。だってのに『カフェ』の衣装を着るだと？

「ぐ……く……！」

今なら、落ち着いた衣装を注文する事もできる。さじ加減を知っているのは俺だけだ。未来で成功を収めたそれよりも、大人しく抑えたデザインにすればいい。

だが、それだと成功するとは限らない。

これだけ啖呵《たんか》を切ったんだ、失敗したら小っ恥ずかしくてシャンと背筋を伸ばせねえ。

「……分かりました。そのようにおっしゃられては、断る事などできませんわね」

考えようによっちゃ、減るもんでもない。確実に成功を収めるために持っている手札を切る、それだけだ。

「……でも、一人では心細いですわ。コレット皇女、アルベール王子、一緒に給仕役を手

伝ってはくださいませんか？」

だがタダじゃあ死なねえ。てめえらも道連れだ。

本来なら王族に給仕役をやらせるなんて断頭台モノだが、所詮これは余興だ。友人の頼みを聞いて遊びに興じるくらいはするだろう。

「うむ！　当然私もやるべきだろう！」

「み、ミレーヌ様のお手伝いができるのならば光栄です……！」

コレットは、仕方がない。自分に自信を持っているコレットにはノーダメージだろうが、利用をした一面もある。そのツケを、望みを聞く事で払ったと思えばいい。

だが土壇場《どたんば》で裏切ったアルベールは許さん。てめえだけは地獄への道連れだ。

俺の思惑など、アルベールは知る由《よし》もないだろう。でなけりゃ冷や汗を浮かべつつも微笑んでいられるはずがない。

お嬢様らしい控えめな微笑みの下に、俺は狡猾《こうかつ》な笑みを隠す。これでも律儀《りちぎ》な方で、借りはしっかりと返してきた方だ。

せいぜい楽しみにしてやがれ……

「い、如何《いかが》なさいましたか、ミレーヌ様……？」

「いいえ、何でもございませんわ。この度はご協力を快諾してくださりありがとうございました、アルベール様。一人では、心細くて……」

ガラにもない事を言う俺に、眉を引きつらせるアルベール。

だがその真意までは気がついていないだろう。

……逃さん、お前だけは。逃れられない状況を作るまで牙を隠すべく、俺は淑女の仮面を被り続けるのだった。

第九話　未来

「……なるほどな。だから調理役を買って出たわけか」

「その通りです。せっかく楽をしようと思っていましたのに……」

ある日の午後。

着々と至賢祭に向けた準備が進む中、コレットが呆《あき》れたように鼻を鳴らして言った。

カフェの開店に向けて、菓子をどうするかを話し合った結果、結局なんでもないクラスメイトが数人調理役として抜擢《ばってき》される事になった。

今日は俺が作る予定だった『バノック』がどういうモノかの紹介も兼ねて、調理役を連れてコックに会いに行ったその帰りだった。

クラスメイトとは既に現地《しょくどう》で解散して別れており、今はいつもの三人＋一人で鍛錬をすべく、裏庭へと向かっている。

コレットが口を尖《とが》らせて糾弾しているのは、バノックの作り方のその簡単さだった。

ぶっちゃけ、分量さえ間違えなければ誰でも作れるようなモンなのだ。しかもできたてを出さなきゃならないわけでもない。楽をしようとしていたのがバレた結果のジト目であった。

「まあまあ……人を賢く使うのも、才能の一つでしょう。ぼくは一層感服いたしましたけどね」

「それはどうも……」

実際個人的には賢いやり方だと思ったのだが、計画を挫《くじ》かれちゃ二流もいいとこだ。良《い》いように使われる人生はゴメンだと思っていたのだが、今生《こんじょう》での目標を達成するにはいくらか頭の方も鍛えないといけないらしい。

「はあ……」

まあ過ぎた事を考えていても仕方がない。

自分の思い通りの人生を生きるためにも、今は手札を増やしとけってハナシだ。

中庭に着いて、利用者の少ない長椅子にかばんを下ろす。

体をほぐすのも兼ねて、用意した木剣を軽く振るう。

アルベールやコレットもこの後の組み手に向けて各々《おのおの》の方法で準備運動を始めていた。

いつもの光景だ。

だが、最近そこに追加されたものがある。

「……」

それが、長椅子に腰掛けるメリッサだ。

俺の荷物の隣に小さな腰を下ろし、揃《そろ》えた脚の上に手を載せて行儀よく座っている。

すぐさま動けない状態は、逃げる必要を感じていない証拠だ。最早《もはや》見学。その姿は、警戒心を解いて脚をしまって座る猫のようにリラックスしている。

まだ眼差しは俺に向いているようだが——

「おおー……」

剣を振るうと、時折感心したように声を上げる。

気の抜けるような表情と声に脱力しそうになった。

……どうも、アルベールとの手合わせで思うところがあったようだ。自分を負かしたアルベールの師匠である俺に、間接的に興味を持ったというところだろうか、分からん。

「……お二人とも、準備はよろしいですか？」

それはそれで小恥ずかしくて、見ないふりをして続ける。

前は見返しているのを悟られたら離れていくってんで眼を逸《そ》らしていたのが、今じゃまるで真逆だ。

ぐしゃぐしゃと糸が絡《から》まるような思いを振り払うように、剣を振るう。

「はい！　今日もよろしくおねがいします！」

「今日こそは一矢《いっし》報いてやるぞ、ミレーヌ！」

アルベール達にとっては完全に『いつもどおり』の鍛錬の時間が始まった。

◆

「はあ……はあ……」

「あ、ありがとうございました……」

「こちらこそ、勉強になりましたわ」

肩で息をするアルベール達とは対照的に、涼しい顔で平然と言い放つ。

二人は、今日も俺に一太刀さえ浴びせられずに終わった。その結果にコレットとアルベールが浮かべる表情は真逆のものだ。

片や嬉《うれ》しそうに、片や悔しそうに。

剣を支えに立つコレットが大きく息を吐《つ》く。

「勉強にとは、言うが……今の実力差で何か得られるものがあるとも思えんがな」

「そうでもありませんわ」

苦々しげに呟《つぶや》くのは『私達に学ぶ事など無いだろう』という不甲斐《ふがい》なさか。

だが、俺が返す言葉はコレットを慮《おもんぱか》ってのものではない本心だ。

「対策を立てられた上での組み手というのも、中々どうして得られるものが多いものです。狙われる場所とは言い換えれば、コレット皇女やアルベール王子にとって比較的隙を突きやすい場所だと思われているという事です。自分自身を見返すよい機会になりますわ」

頭の回転は速い二人だ、実力じゃまだまだ俺のほうが上だが、コレット達との組手は時折自分でも気づいていなかった部分に気づかせてくれる。

「ふむ……私達を気遣っての発言ではない、か。そう言われると、気分も少し晴れるがな……と！」

アルベールよりも早く息を整えたコレットが気合を込めて、姿勢を正す。

自らの未熟を感じつつも、腐りすぎる事はない。元々の才覚に恵まれつつも、伸びていくタイプだ。末恐ろしい事である。

「ふう……っ。コレット皇女はまだいいですよ。ぼくなんか、魔力を抑えていただいてもまだまともに打ち合う事さえできませんから」

少し遅れて回復したアルベールが、楽しそうに言う。

楽しそうでいられるのは、明確な目標に向けて歩みを進めている実感があるからだろう。

これはこれで伸びるタイプだ。

「でもアルベール様も確実に腕を上げられていますわ。今日は激しくしてしまったと思ったのですけれど……」

「ああ、今までのアルベール王子だったら速さに付いてくるのも危うかったろうな」

「そうですか？　えへへ……嬉しいなあ」

二人ともまったく若々しくて羨ましい事である。……無いもんはない、だったら他でなんとかすりゃいい。ありとあらゆるモノに見切りを付けて生きてきた俺にはちょいと眩《まぶ》しい考え方だ。

所詮与えられた魔力と経験だけで生きてる身としちゃ考えさせられる。

まあ俺自身そんな過去があるからこそ飽きずに鍛錬を続けられるってのもあるが。

「本当に、お二人とも上達なさいましたわね」

「……！」

やる気に満ちているのは十分に分かるが、今日はついつい激しくしてしまった。

これ以上続けても今日は無駄だろう。そう思って訓練の終わりを提案すると、コレットとアルベールが二人して驚いた顔をする。

……前にもこんな事があったような。

「如何《いかが》なさいましたか？」

「いや……今のミレーヌの笑顔が、とても柔らかく自然だったものでな。慈《いつく》しむようだというか――」

「……そういうのはやめてくださいと、前にも申し上げましたのに」

案の定、コレットがそんな事を言ってくるものだからため息を吐く。

隙あらば口説いてくるんだから熱心というか。……ま、そう慕われるのは悪い気分じゃあねえが。

だがメリッサの前だ。メリッサがどこまで知ってるかは置いといて、そういうのを公言するのはやめてもらいたい。

「……信頼、されているのね。それにあの顔――『あの女』とは、大違い……」

帰り支度をするべく、荷物を取りに長椅子へと向かうと、案の定メリッサがまばたきもロクにしないで俺を見てくる。

何かを呟いていたようだが、小さな声だ、まだ少しだけ離れた場所にいる俺には聞こえなかった。

妙な誤解をしてやいないだろうな？　ややこしい事になりそうだ……と、ため息を呑《の》み込んだその瞬間、勢いよくメリッサが立ち上がった。

「ミレーヌ＝ペトゥレ」

「……？」

そして、俺の名前を呼んだ。

突然の行動に面食《めんく》らう。俺だけじゃない、コレットとアルベールまでもが息を詰まらせているようだった。

ここ一ヶ月以上で、メリッサが『俺』に話しかけたのは初めての事だった。

「今までごめんなさい。……あなたに話がある。少し、学園外まで付き合ってほしい」

俯《うつむ》いて、窺《うかが》うように上目遣いを向けてくる。

しっかりと俺の眼を見るのも珍しい事だ。

……何が一番大きな原因になったかは知らねえが、ようやく心変わりを起こしたようだ。

「……ええ、よろこんで」

微笑《ほほえ》んで見せると、メリッサは表情を変えないままにほっと小さな吐息を漏らす。

表情の変化は乏しいが、安堵《あんど》を感じた。ロクに会話も無いのに、ここ一ヶ月でよく理解できたもんだと思う。

「ふむ？　何処《どこ》かへ行くのか。ならば私達もさっさと荷物を纏《まと》めた方がいいか」

「……できれば、コレット皇女とアルベール様には、ご遠慮願いたい、です」

当然、いつも行動を共にするコレットも同行しようとするが、メリッサはそれを拒絶する。

……今まで怖がっていた相手とサシで話そうってワケだ。

ようやく摑《つか》んだチャンスに、思わず拳を握る。悪いがここは理解をしてもらおうとコレットに視線を送る……が。

俺が何かを言う前に、コレットは一つ小さな頷《うなず》きを返した。

「……ああ、分かった。ミレーヌとメリッサの外出許可は私が取っておこう。我々は帰るぞ、アルベール王子」

「仕方がないですね。ではミレーヌ様、木剣はぼくが返しておきます。また明日《あした》お会いしましょう」

「ご厚意に感謝いたします。ではお二人とも、ご機嫌麗しゅう」

去っていく二人を見送り、その姿が見えなくなると再びメリッサと向きあう。

その眼にはまだ僅かな逡巡《しゅんじゅん》があったが、しかし確固たる決意も同時に宿していた。

「それで、何処へ向かうのですか？　それほどまでに、誰かに聞かれたくないお話なのでしょうか」

だがこのままでは埒《らち》が明かない。夕食の時間までには帰らないと、メシを食いっぱぐれちまう。

「……そう。どうしても、誰にも聞かれたくない話がある。ついてきて」

話を切り出すと、メリッサの方からそう言ってくる。

ついてきて、ね。コソコソと後ろをついて来ていたヤツから聞くと、中々感慨深い言葉だ。

その指示に頷いて、俺は行儀よくメリッサの後ろを歩くのだった。

◆

学園を連れ出され、メリッサと街を歩き始めて暫《しばら》く経《た》った。

全く会話がないまま小さな歩幅に合わせて歩くのに居心地の悪さを感じ始めた頃、メリッサはおもむろに立ち止まって、顔を横の俺へと向けてきた。

「ここにしよう。ここなら、秘密の話ができる」

そうしてメリッサが指差したのは、いつだかアルベールと情報収集に歩いたあの日、コナの検分と情報の統括を行った喫茶店だった。

あの日、俺達がこの店を使った事を知っている奴《やつ》らはそう多くないはずだ。メリッサも俺達の動向を把握していたのだろうか？　そんな疑問が浮かぶが、心中で頭《かぶり》を振る。

街の片隅の目立たない場所にある、いかにも寂れた店だ。誰かに聞かれたくない話をしたいという用途に合わせて選べば、こういう店が候補に挙がってくるのだろう。

「どうしたの？」

「いいえ、少々考え事をしておりました」

「……？」

考えてみれば、タダでさえ気を張っていた日にメリッサの拙い尾行に気がつかないはずがない。

メリッサが俺の事を追い始めたのは最近で間違いない。

「いらっしゃい」

喫茶店に入ると、しょぼくれたマスターが興味なさげに一瞥《いちべつ》してくる。

それきり席を案内する事もなく、手にしていた本に眼を落とす。

想定外の反応に戸惑ったのか、メリッサが身を小さくして視線を泳がせるのを先導するように、入り口から奥の席へと向かって席についた。

「……なれてるの？」

「色々ありまして。メリッサさんもこちらへどうぞ？」

細い板でも渡るようにメリッサがこちらへ向かってくる。

そのままなだれ込むようにして席に着くと、メリッサは眉を釣り上げて真剣な表情を作った。

今更キメても格好付かねえが、それを指摘すると余計な遠回りになりそうだ。

「アールグレイを一つ――いえ、二つくださいな」

「はいよ」

席料として、美味《うま》くもねえ紅茶を二つ頼む。

どうせ話をするのが目的だし、この店じゃ何を頼んでも同じだ。

メニューの一番上を二つ、という適当な頼み方にも一切反応を見せず、マスターは了承の返事のみを最低限度で行った。

勝手に注文を決められた事に驚いたのか、メリッサは眼を丸くしてこちらを見ていたが――

「……助かる」

「お気になさらず」

注文でも自分が迷うだろうという事に気づいたのだろう、ぐっと口を噤《つぐ》んでから、礼を述べた。

貴族学校に通うお嬢様がたにとっちゃ、こういう店は衝撃的だろう。

なんせボロボロの店に、ロクでもねえ椅子とテーブル、愛想《あいそ》のねえマスターときたもんだ。

「アールグレイ二つ、お待ち」

無言のまま注文を待つと、恐らくは唯一の店員でもあろうマスターがティーカップを二つ持ってくる。

飾り気もない、最低限の機能を持つだけのティーカップ。

そこに注《つ》がれた、茶の色をした液体。

マスターが去っていったのを確認してから、メリッサがそれを口に含む。

「……虚無」

オマケに、紅茶の味も『不味《まず》い』に寄った普通ときたもんだ。

一般市民でも二度とは使わないような店は、貴族の嬢ちゃんには刺激が強い事だろう。

固まった猫のような味わい深い表情を浮かべるメリッサ。

……いや、これはどういう表情だ？　少々気になるが、今はそれよりも――

「突然、どういう心変わりがあったのですか？　話し合いの場を設けていただくのは嬉《うれ》しいですけれど」

何故《なぜ》急にメリッサが俺と話すつもりになったかが気になった。

少しだけ考える素振りを見せて、メリッサは再び前を向く。

「……ここ暫く、あなたを見ていて、信頼できるに足る人間だと判断した。アルベール王子とコレット皇女は、人を見る眼は確か。その二人があなたを信頼しているというのがまず一つ」

まず一つ、ね。という事は他にも理由があるのだろう。静かに言葉を待つ。

「そして——あなた自身が、とても温かい眼で二人を見ていた事。……本当に誰かを想《おも》っていなければ、あんな眼はできない。それが、決め手」

そうして続けられた言葉の小っ恥ずかしさに、思わず顔が熱くなった。

頭ごなしに否定したいが、ようやく話をする気になったメリッサにそれをするのもはばかられる。

「そ、そうですか……」

結局、喉を鳴らすのさえ我慢して、俺は変わりに拳を握った。

これ以上突っ込んで聞いたら、かえってヤケドしそうな気がする。

完全に聞き役に回った俺を見てメリッサは、何かを話しかけ、しかし言葉を呑み込んで、を繰り返した。

そのうち、いよいよ覚悟を決めたのだろう。メリッサはまたキリッと眉を上げて、俺の眼を見据えた。

「……わたしが、イルタニア様のお言葉を聞く事ができる『イルタニアの巫女《みこ》』という話は、知ってる？」

「ええ、アルベール様から教えていただきました。それが何か？」

そうして語られた言葉に、遂《つい》に――と思いながらも、俺は冷静を装《よそお》った。

『イルタニア』。前の人生じゃ気にも留めなかったが、今回の人生にはどうにもそれが無関係であるとは思えねえ。その神に仕える『巫女』の言葉が、意味のないモノになるとも思えなかった。

「なら話は早い。じゃあ続きを話すけど、私達は占いに近い形で、遠い場所にいるイルタニア様のご意思を感じ取る事ができる。それはとても抽象的だけど、しっかりと読み解く事ができれば絶対に的中する出来事になる」

占い、ね。胡散臭《うさんくさ》いという言葉が浮かぶも、それを呑《の》み込む。

どうせ手がかりは何もないんだ、聞いておいて損はない。ここまで来て話の腰を折る方がバカバカしいし、笑うのは最後まで聞いてからでも遅くはねえ。

「……イルタニア様のお言葉は、色々な絵柄が描かれたカードを無作為に複数枚選び出す事で授かる。実際に持ってきたから、見てみて」

ひとまず俺に話の邪魔をする意思を感じなかったからか、メリッサはかばんからカードの束を取り出して、渡してきた。

……かなり精巧なものだ。カードの一枚一枚に全く違いが見られない。これだけ違いなく作るにはそれなりの技術と手間が掛かりそうなもんだが。

できる限り、選ばれるカードはランダムである必要があるのだろう。

それが国を揺るがすほどの凶兆を予知するのに使われるというのならば、当たり前か。

差し出されたカードを数回切り、一番上のカードをめくる。

「これは……川？」

めくったカードに描かれていたのは、水の流れるような絵柄。

「流れる水という解釈もある」

なるべく具体性を高めて川と言ったのだが、感じたままの考え方でも間違いはないらしい。

次にカードをめくってみると――

「次は、お金」

「見たまま。でも、あるいは『金《きん》』かも」

今度は硬貨の絵が描かれていた。

カードの束をひっくり返して見てみると、カードには様々なモノや事象の絵が描かれていた。

……なるほど、なんとなく見えてきたぜ。

「こうして、何枚か選び出したカードからイルタニア様のご意思を読み取るのが私達の生業《なりわい》。基本的にはカードを選び出すのが私達の仕事で、読み解くのは専門の人がいる」

「……成程？」

要は連想ゲームだ。例えば最初の水のカードと雨のカードが合わされば洪水、二枚目のカネのカードとなにか不吉な——月だののカードでも出てくれれば、金の価値の暴落などが予想されるといったところか。

それを選び出すのが、メリッサのような『巫女』の仕事、と。

御大層な名前と伝説にしちゃせこい占いだが——

「……これから『お言葉』を受ける。……協力して」

「ええ、分かりました。どうすればよいのですか」

「カードを交ぜて、好きな数に分けて並べて。できるだけ無作為に。……大切に扱ってね」

当たり前のように言うメリッサ。

……成程、当然のように自分の思っている通りの結果が出ると『知っている』というワケかい。

半信半疑ながらも、言われるままにカードをシャッフルする。

「手慣れてる」

「お屋敷《やしき》では退屈していましたもので」

実際には前世で賭け事にも縁があったからだが、どうでもいい情報だろう。

それ以上メリッサが聞く事もなかった。

適当にカードが交ざったところで、五つに分けて置く。

「……見てて」

メリッサの雰囲気が、冷たく研ぎ澄まされる。

その顔は小動物のように臆病な少女の姿を打ち消すような、静謐《せいひつ》の巫女を思わせた。

細く小さな指が、しゃなりとしなやかに、美しくカードの山へと滑り落ちる。

そうして、一枚目のカードがめくられた。

「――ハッ」

……これほど分かりやすいカードも無いという結果に、俺は思わず鼻を鳴らした。

「髑髏《どくろ》、ですか」

「そう、人の骸《むくろ》。分かりやすく不吉だからこそ、髑髏のカードは破局的な規模の災厄を警告している場合が多い」

テーブルの真ん中にカードを置いて、メリッサは別の山へと手を伸ばした。

「剣のカード」

「……武器、あるいは争いといったところですか？」

「かしこい。やっぱりあなたは……ううん、今は、後にする」

二枚目は剣のカードだ。武器、転じて争い。

……すぐにその解釈を浮かべたのは、『最大級の災厄』という予告から、半ばひらめきのように前の歴史が思い起こされたからだ。

破局的な争い。

それは即《すなわ》ち、俺が知る『前のイルタニア』を終わらせた、あのコルオーンの侵攻を指すのだろう。

心臓が跳ねる。……いや、まだだ。大戦の予告など、不吉な予言としちゃありふれた部類のものだろう。

だがもしも次に選ばれるカードが、俺が思う三枚のうちどれかならば。

獅子《しし》か、月か。あるいは――

「……ああ」

分かっていたと、冷静になりつつも、それでも心臓が跳ねる。

「そう。これが、わたしがあなたを付け回していた理由」

――あるいは、それがスルベリアの花ならば。メリッサの能力は、俺にとって極めて信《しん》憑《ぴょう》性が高いものとなる。

カードに描かれていたのは果たして、神が愛したと呼ばれるその花であった。

言われずとも分かる。スルベリアの花は、間違いなく『ミレーヌ』を指しているのだと。

スルベリアの髪が破局的な戦争を巻き起こす。その未来は、まだ俺しか知らないはずのものだからだ。

……コイツの力は、本物だ。あるいは、示唆する未来が戦争じゃなければ信じられなかったかもしれないが――

口を塞ぐように手を宛てがうと、メリッサが首を傾《かし》げた。

「……なにか、心当たりがある？」

「不本意ながら。……半信半疑だったんだがな、クソッ」

「……！　それが、本当の『あなた』？」

「ん？　ああ――ちっ、今更繕う意味もねえな。……そうだ」

言われて、ようやく猫かぶりを忘れていたのを思い出す。

「そう……驚いたけど、なんだろう。そちらのほうが自然、に、感じるかも……」

「これで結構苦労してお嬢様やってんだぜ。セケンテイってモンがあるからな」

素が出ちまったのは失態だったが、このままやれんなら俺にとっても楽でいい。

「じゃあいつもの口調は？」

「猫かぶってんだよ。最低限貴族のお嬢様らしくしなきゃ、色々言われそうだろ」

「……納得。今思うと、特にアルベール様達に稽古を付けるときなんか、所作に粗野な感じがあったかも」

驚いたようだが、幸い、メリッサはこの口調にも肯定的なようだ。

とはいえ粗野な感じがした、とは反省点だな。訓練を覗《のぞ》きに来るヤツは少ないが、時折面白がって見ていくヤツもいる。もっと上手《うま》くやるべきだろう。

しかしそんなのはどうでもいい。

——所詮は占い。そう思っていたはずだった。今思えば、手品やイカサマを生業にしているヤツならば同じ事も可能なのだろうと思う。

とはいえ冷静になって考えれば、メリッサがそれらと同じ技術を持っているとは思えなかったし、何よりも『占い』の結果があまりにも——メリッサが知らないはずの——未来と重なって見えたのが、短い間だが我を失わせていたようだ。

「……やっぱり『あの女』とは違う」

「前にも同じ事を言っていたな。どういう意味だ、そりゃ」

しかしそういや、それが残っていた。

今占いの結果を聞いて胸に訪れたのは、焦《あせ》りや驚きだけじゃない。

もう一つ感じたもの、それは不可解さだ。解《げ》せない、というのが今の思いに近い。

占いはミレーヌが『俺』になったにも拘《かか》わらず変わらず『あの未来』を指し示している。

即ち「大乱を導くスルベリア」というメッセージの事だ。

少なくとも、アルベールがマトモに育てば内乱はないはずだ。イルタニア滅亡の直接的な原因であるコルオーン――コレットとの関係の悪化も、今のところはその兆《きざ》しは見えない。

スルベリアの髪――『ミレーヌ』が変わった事で『スルベリアの髪』がイルタニアを滅ぼすという未来はなくなったはずなのだ。

ならば、占いの結果にも変化が出ていなければおかしい。

途中までの結果が同じでも、例えば――スルベリアのカードではなく、代わりに『月の神々』を表す月や蛇といったカードが出ていてもおかしくはないはずだ。

にも拘わらずこの結果が出るという事は、まだ俺がイルタニア滅亡の引き金になりうるという事なのだろうか？　あるいは『お告げ』をするイルタニア自体が変化に気づいていないというのもあり得るが――

「あの女――私がはじめにあったミレーヌ＝ペトゥレは、それは酷《ひど》いものだった。気に入らない事があればすぐに周囲を怒鳴りつけて、自分のわがままを通そうとする。社会のルールを知らない、なんてものじゃない。自分こそがルールを定める神だとでも言いそうなくらいの振る舞いだった。それは、とてもまともにはならないと確信するに十分なほどのもの」

思考の海に浸りかけたその時、メリッサが語るミレーヌ観が俺を現実に引き戻してくる。酷い言われようだが、遠い過去を指すようなメリッサの物言いがそれを否定してもいる。

「でも貴方《あなた》は違う。最低限社会に合わせて被《かぶ》る仮面があるし、毎日強くなろうと努力を続ける勤勉さもある。それに、アルベール王子やコレット皇女に認められている。『あの女』がそうなるとは到底思えない」

「結構言うじゃねえか。……アルベールに関しちゃどうかとは思うがな」

鼻を鳴らす。ある意味じゃ、アルベールの立ち位置は前回から変わっていないからだ。

「……王子様は、信心深い方だったから。でも、今は違う。イルタニア様以上にあなたという個人を信頼しているように見える」

だがその変化については気づいていたようだ。

信頼というとまだ少し柔らかい表現のような気もするが、自国の王子様に対する気の遣い方としちゃ上等だ。

「それに、あなたは結構したたか。猫を被る器用さもあるし、至賢祭でも楽をしようとしてたでしょ」

「……気づいてたのかよ」

「これでも料理が趣味。お茶菓子なんて、一度にたくさん作って保存しておけば後は楽ができるでしょ？」

メリッサが指を二股に立て、勝ち誇る。

……いや、それよりも。何処《どこ》か抜けている女だとは思ったが、観察眼に関しちゃ中々のものらしい。

それもメリッサが料理を趣味にしていなければどうだったか分からないが——とはいえ、豹変《ひょうへん》した態度に少し驚くだけで済んでいるという時点で、ある程度の予測はしていたのだろう。

案外食えないヤツだと舌を打つ。

「もう一つ」

テーブルに突いた腕に顔を載せ、面白くなさそうに視線を外していたところ、しかし俺はメリッサの静かな声に顔を向けた。

「ある時を境に『お言葉』に変化が現れた。……でも、わたしはそれを信じられなかった」

静寂の湖畔を水滴が打つように。

メリッサは途切れた会話を続ける。

その白磁のような指は雪のように、音もなくカードの上へと降る。

「『世界に争いを齎《もたら》すスルベリア』。その予言に、ある時から続きが現れた。信じられなかったけれど、何度占っても同じ結果が出るようになった」

ゆっくりとした声、穏やかに流れる水のような動きで、カードがめくられる。

一体何の事だ？　疑問に思いながらも、声を挟む事ができずただその動きを見守る。

やがて現れた絵柄は――

「……天秤《てんびん》？」

釣り合った天秤の絵だった。

だが回りくどい『お言葉』だ。見たまんまの意味じゃあねえんだろう。およそ、思い浮かぶのは平等とか、釣り合うとかって意味か。

「『調和』。これで、予言は逆の意味に変わった。つまり、あなたが世界の破滅を防ぐという事」

「世界だァ？　……いや、規模は置いとくにして、なんでそうなるんだよ。『世界を真っ平らにしちまうスルベリアの髪』って意味かもしれねえだろ」

その解釈に、なぜだか思わず反発してしまった。

いや、確かにそうなったら面白くねえとあれこれ動いてはいたのだが。

「なにも分かってない。わたし達には長い歴史で培《つちか》った『お言葉』の読み解き方がある。もしあなたのいう意味を告げられるなら、恐らくイルタニア様は『荒野』のカードで表す」

が、メリッサは蔑むような勝ち誇ったような口を隠すように手を当てた。

勝ち誇った態度はムカつくが、敢《あ》えて突っ込まずにおく。

そのせいで調子に乗ったのか、メリッサは偉そうに咳払《せきばら》いをして続けた。

「釣り合った天秤はポジティブな意味でお伝えされる。だからこのお言葉の読み解き方はこう。『世界を巻き込む大戦争が起ころうとしているが、スルベリアの髪が調和をもたらす』。つまり、あなたが世界の破滅を防ぐ鍵になるという事」

だがおかげで、話の方は聞く意味があったようだ。

……考えてみりゃ、前の歴史があの後どうなるかは俺には分からない。

もしも『月の神々』の奴《やつ》らの言葉を考慮するなら、ミレーヌを捧《ささ》げ物にして『主神』とやらを降臨させるといったところだろうか。

それならば世界の破滅ってのも考えられねえでもねえ。幹部の一人であるペールマンでさえ、大将軍が束になっても勝てないほどの魔力を持っているんだ。正面からの真っ向勝負じゃ、未来に才能を拓《ひら》ききったコレットでも分が悪い。

そんな奴らが主神と崇《あが》める存在が望むのが『混沌《こんとん》の世』だとすれば、世界の破滅ってのもあながち大げさな話じゃあないかもしれない。

「実感のねえハナシだがな」

それが納得できるかはまた別の話だが。

「私もそう思う。あの馬鹿女が世界を守る鍵になるなんて、考えられなかった」

「言うね。ま、同感だが」

「だから観察して、判断した。あなたがどういう存在であるか。あなたは、信頼に足る人間。……結構、おせっかいだし。入学してすぐの頃、喧嘩《けんか》ばかりしていたけど、殆《ほとん》どがいじめられてる人を助けてたって」

「……ケッ」

買いかぶられたもんだ。

俺は、最低限てめえ自身——それと、近くの奴らに危害が及ばなければそれでいい。

結果として降りかかる火の粉を払うくらいはしているが、誤解されるのは面倒だ。

「……それで？　それを俺に話してどうしようってんだ」

説明し難《がた》いムズ痒《がゆ》さを感じ、眼を逸《そ》らして投げやりに手を広げてみせる。

特に気にした風もなく頷《うなず》くメリッサ。

「本当は色々と聞きたいけれど……今は何も望まない。ただ、なにかお言葉に繋《つな》がるような兆しが見えたら教えてほしい」

「てめえが知ったところでどうしようもねえだろう？」

お言葉は立派だが、この問題はアルベールにも勝てないようなヤツが首を突っ込めるような話ではない。

笑うように鼻を鳴らすが、メリッサはそれでもじっと俺を見据えて言う。

「そうかもしれない。でも私はイルタニアという国が好きだし、イルタニア様が愛した穏やかな平和を守る事ができたのなら素敵だと思う。なにかできる事があるなら、したい」

その眼は、臆病なガキがするようなものではなかった。

多分だがメリッサは器用なヤツじゃあねえ。

だからこそ、その言葉が俺を信用させようだとか、なにか別の意図から考えられたものなのではないと感じられた。

イルタニアを信頼し、イルタニアを守りたいと——ちんちくりんなガキが、心からそう思っているらしい。

……その延長線が、きっと前の歴史の、メリッサの最期《さいご》に繋がるのだろう。

「……そいつがそれほど平和を好んでいるとは思えないがね」

だがそれほどまでに『イルタニア』を想《おも》っているヤツでさえ、くだらなく死んで開戦を告げる狼煙《のろし》となったんだ。『イルタニア様』がそれほど立派なモンだとは、到底思えなかった。

忌々《いまいま》しい過去《さき》の事を思い出して、俺は舌を打つ。

それに少しだけ悲しそうな顔をして、メリッサは頭《かぶり》を振った。

「いいえ。それはない。多分——」

そしてわずかに逡巡《しゅんじゅん》をした後、迷いを振り切ったかのように、前を向く。

「だからこそ『あなた』がここにいるのだと思う」

「……」

その言葉に、皮肉の一つでも返そうとして、しかし俺は何も言えなかった。

わざわざあの『スルベリアの髪』として俺が今ここにいる理由。いくら考えてもその理由も、意図も分からなかったからだ。

だってそうだろう。こちとら、前の歴史じゃ全国民といってもいいくらいのヤツらから嫌われていたヤツの体に押し込められてんだ、カミサマの嫌がらせくらいしか思いつかないというものである。

あるいは、女帝から野良犬《のらいぬ》への贈り物が関係しているのではないかとも思ったが。

「ちっ……」

その先を考えても、今理由が出る事はないだろう。

じゃあやっぱり、俺の中じゃ『イルタニア』はロクでなしのままである。

「お話は終わりでしょうか？　外出の許可はコレット皇女がお取りくださっているとは思いますが、あまり遅くなるのは好ましくないでしょう。そろそろ帰ったほうがよろしいかと思うのですが」

「……ん、分かった。ひとまず今日は終わりにする」

なぜだか気に入らなくて、突き放すように猫を被る。

それ以上、メリッサは話を続けようとしなかった。

……『大乱に均衡を齎すスルベリアの髪』。そのために、俺がここにいるだと？

たかが傭兵《ようへい》一匹にそんな御大層なお役目があるとは思えねえが、ロクでもねえ目に遭わせておいて随分と勝手な事を言うじゃあねえか。

もしもそれが本当ならば、なおさら頬の一発でもぶん殴ってやらなきゃ気が済まねえ。

「店主様、お勘定をお願いできますか？」

「あいよ。アールグレイが二杯で、これだけになります」

提示された金額——不味《まず》い紅茶が二杯にしちゃそれなりに高い——を支払い、店を後にする。

味に関しては聞かれる事もなく、伝える事もなく。

テーブルに残されたカップには、渋い色をした液体が揺らぐ事なく平衡を保っていた。

閑話

　青々とした草が陽光を受けて輝き、穏やかな風に揺れる清々《すがすが》しい草原の中を、一台の馬車が進んでいた。

　頻繁に馬車が通るのであろう、土の地面が露出した道の上を、馬車はゆっくりと揺れている。

「んん〜、いい景色だ。煌《きら》めく波のようで実に美しいね。涼やかな風も実に心地好《ここちよ》い！」

　だがその牧歌的な光景には少々似つかわしくない声が草原に響いた。

　声を発したのは、馬車の中から窓に腕をかけて風景を望む一人の美丈夫だ。

　少々気障《きざ》ながらも、その弾む口ぶりは心の底から風景を楽しんでいるように見える。

　陽気な口調と合わせて、青年は見るものに好感を与えるだろう。

「自然ってのは良《い》いよね。俺は美しいものには目がないが、雄大な自然というやつには常に圧倒される。広大な草原、高く聳《そび》える山、底も見えない谷。永い時で刻まれた芸術はかくも美しい。そうは思わないかロルフくん」

それも、矢継早に繰り出される言葉の雨に辟易《へきえき》しなければだが。

大仰な手振りで腕を広げ、青年は対面に座る男性へと声をかける。

対面に座っていたのは、無骨な皺《しわ》が刻まれたスキンヘッドの男性である。

ロルフ、と呼ばれたからにはそれが名前なのだろう。

突然投げ渡された話題に、ロルフは口を伸ばすようにして口角を歪《ゆが》めた。

「いえ、自分は……」

「そうかい？　そりゃ残念。まあ趣味嗜好《しこう》は人それぞれ違うものだからね。そういった人格が無限に存在するのもまた混沌ってものさ。ああそういえば、今回は無理をいってついてきてもらって悪かったね。急な話で引き継ぎとか大変だったろう？」

言いよどむロルフの言葉を遮るように、青年は吟ずる。

青年の言葉はロルフへと向けられたようでいて、そうでもないのかもしれない。

無視をしても話の流れに変化はあまりないだろう。だがもしもそれらが自分に宛てられた言葉ならば失礼にあたると考えて、ロルフは反応せざるをえない。

「他ならぬ大師様のお言葉ですから。大変などとは思いません」

「うーん！　真面目だねえ。俺としてはもう少し気楽に構えても良いと思うけれど、君のような人間は嫌いじゃあないよ。なにせ俺とは正反対だからね、君のような人物がいると、色々と変化が感じられてとてもイイ」

「……は、光栄です、大師ヴィクトー」

どこまで本気かは分からないが、ロルフは自分を褒める青年の言葉に深く頭《こうべ》を下げ、そう答えた。

そう、彼らは『月の神々』の一員である。ミレーヌの殺害を目的としてゼルフォアへ向かうヴィクトー＝ルドランドと、その彼が認める『月の神々』の準幹部たる『小師』であるロルフ・バルツァーだ。

二人の間には明確な上下関係が存在する。

このちぐはぐな会話も、それによって育まれたものだ。もしも二人の立場が逆であれば、馬車の中にはまったく会話がなかっただろう。

「まあ硬くならないでよ。俺は何事も柔軟なのが好きでね、常に予想できず変化する環境ってのがイイんだ。前はむしろ逆だったんだけど、人生って案外分からないものだよね」

「はあ……」

気のない返事だが、ヴィクトーは気にしない。

実際に、中身のない会話をしている自覚があるからだ。

快活で人懐《ひとなつ》こく、お調子者の美青年。少なくとも、邪教団の一員には見えないヴィクトーだが——

「おおっと、関所か。流石《さすが》にゼルフォア、世界各国から貴族の子女が集まる学校を擁するだけあって、警備はそれなりに厳重だねえ。きっと僕らのような怪しい奴《やつ》らが何を言おうとも規則だ規範だってあれこれ理由をつけてゼルフォアには入れてくれないに違いない。心底ヘドが出るよね」

ペールマンのような人物とは違いつつも、彼はどうしようもなく『月の神々』の一員だった。

ヘドが出ると言いつつもその顔は酷《ひど》く愉快そうに歪んでいて——そしてその瞳は邪悪に濁っていた。

関所の門へと馬車が入っていく。

だが当然素通りできるわけもなく、槍《やり》を構えた番兵が、その道を閉ざした。

御者が馬を引いて、よく躾《しつ》けられた馬は素直にその歩みを止めた。

御者と二、三言葉を交わした番兵が、窓へと寄ってくる。

「失礼、通行証を拝見したい」

これが彼の業務だ。その言葉にも、手際《てぎわ》にも淀《よど》みはない。

その姿を確認したヴィクトーが、人懐こい笑みを浮かべる。

「お仕事ゴクロウサマ。だけど悪いが、通行証は持っていないんだ」

「何？　……それでは、ここを通すわけにはいかないが」

当たり前のやり取り。悪戯《いたずら》とも思える人を食った態度にも、番兵は声を荒らげずに対応する。

真面目だなあ、とヴィクトーが笑う。

「やっぱりそうか。いや、参ったな。……でも、代わりにこれを見せれば思い出すと思うのだけど——」

微笑《ほほえ》みを浮かべたまま、ヴィクトーは握った手を差し出した。

差し出された手を、番兵が覗《のぞ》き込む。

手が開かれるとそこには——何も載っていなかった。

「……？　何もないじゃないか」

「いやいや、よく見てごらん？」

思わず問いかける番兵に、ヴィクトーは幼子に言い聞かせるように微笑みかける。

すると——ヴィクトーの掌《てのひら》の上で、光が瞬《またた》いた。

「うわっ！」

ごく僅かな時間だが激しい発光に、番兵が反射的に眼を瞑《つぶ》る。

しかし咄嗟《とっさ》の行動の後、番兵は動かなくなってしまった。

肉体的なダメージを与えられたわけではない、だがあまりにも不審な行動を咎《とが》める事もなく――

今はただ、虚《うつ》ろな眼を開いて呆然《ぼうぜん》と立ち尽くしている。

「今の光はなんだ？」

そこへ、発光を確認した別の番兵がやってきた。

激しい発光と併せて、立ち尽くす同僚を不審がった番兵は武器を握る手に力を込め、槍の穂先を馬車へと向ける。

――その瞬間だった。

「ア、アアアアアア――！」

「うわッ……！　何を――ギャッ！」

呆《ほう》けた顔で抜け殻のようになっていた番兵が奇声を上げ、あろう事か同僚の番兵に襲いかかったのは。

力任せに振るわれた槍が軽鎧《けいがい》を貫き、背から飛び出してくる。

突然の恐慌《きょうこう》に、歩み寄ってきた番兵は驚愕《きょうがく》の最中《さなか》に絶命した。

「な、何をしている⁉」

「アアアアア！　ガアアアー！」

騒ぎを聞いて番兵が駆けつける──が。なおも奇声、いや咆哮《ほうこう》を上げながら暴れまわる狂った番兵が、次々に同僚へと襲いかかる。

「落ち着けェ！　お前何を……⁉」

しかし一応は戦いを生業《なりわい》とし、訓練を日常とする番兵だ。力任せに振るわれる槍を受け止めるが──

「こ、この力は……うごっ！」

「に、人間の力じゃない……！　がぺっ⁉」

尋常ならざる力を振るう狂人に太刀打ちできず、次々と体を貫かれ、頭を潰されていく。

突如として関所を大混乱が襲う。狂った同僚を止めようとする者、怪物の如《ごと》き力を見て逃げ出す者、物言わぬ屍《しかばね》になった者が入り乱れて、関所という容器に混沌《こんとん》を満たす。

その間に、馬車は悠々と関所を通り抜けていった。

「あっはっは！　大混乱じゃないか！　やっぱり思ったとおりだ、唐突な悲劇は喜劇に勝る笑いを提供してくれる！」

背後に遠ざかる喧騒《けんそう》に、ヴィクトーは手を叩《たた》いて笑う。

暫《しば》しそうしていた後、ようやく笑いの波が過ぎ去る頃にヴィクトーはまた喉を鳴らしながら、言った。

「ね？　思い出せたじゃないか。本能ってヤツをさ」

これでお終《しま》い、と。そう語る代わりに、手を二回叩く。

それはまるで、語り部《べ》が物語の読み聞かせを終えるかのように。

「相変わらず恐ろしい魔術ですね」

頬に汗を伝わらせたロルフが、しかし笑みを浮かべる。

「いやいや、大した術じゃあないよ。小回りは利《き》かないし、対魔力の防御には弱いしね。まあこんなのは所詮趣味の副産物だよ」

感情の表れが小さい男から感じる心底からの賛辞に、ヴィクトーは謙遜をしつつも満足そうに笑みを浮かべた。

「唐突に発狂する同僚に刺し貫かれる男、頭を潰される男、使命を忘れて逃げ惑う兵士達。即興にしては中々いい劇だったろう？」

「ええ。これぞ混沌という無秩序な殺戮《さつりく》でした」

「堅物だと思ったが分かってるじゃないか。それでこそ、君達の一員になった甲斐《かい》があるってものだよ」

どうやら、自分の『趣味』が認められた事が愉快なようだ。

笑みを湛《こら》えながらも、ヴィクトーは窓の外に眼をやる。

「俺はね、とにかく美しいモノが好きだ。君らがやがて滅ぼそうとしている人間が一人一人持つ物語ってのも、それは美しいモノだと思うんだよ。そんなモノに近づきたくて劇作家なんてやっていたんだが――アレはダメだね。所詮劇なんてのは定められた通りに進む『決まり事』に過ぎないのさ」

過去に思いを馳《は》せているのか、言葉は部下の男に向かいつつも、その視線はどこか遠いところを見据えている。

濁った瞳に、歪んだ光が満ちる。

「その点生きた人間っていうのは素晴らしいよ。今際《いまわ》の際《きわ》までどうなるか分からない。次は何をしてくれるんだろう、最期はどんな顔を見せてくれるのだろうって、ワクワクが止まらない。ダイスがどの目を出すのかは、手から滑らせた俺でさえ分からない。そんな混沌こそが美しい物語の本質さ」

先程自分が作り出した光景を思い返して、ヴィクトーはまた喉を鳴らす。

しかしそれも僅かな間の事。愛《いと》おしそうに笑みを浮かべたヴィクトーは、遠いどこかへ

――

「……楽しみだよなあ。『神の狗《いぬ》』ってのは美しいんだろ？　最高の役者が演じる悲劇は、

それは美しいのだろうね」

──その生命を狙う少女へと、想《おも》いを馳せる。

「とはいえ今回の俺の仕事は前座のようだけど、それも世界最期の大舞台の前座とあらば、光栄というモノだよね。くくく、イイじゃないか。混沌の世のために──君達の理念には心底共感を覚えるよ」

斯《か》くして、劇作家は自らが思う最高の舞台へと向かう。

馬車は一路、ゼルフォアへ。

第十話　準備

「それでは、確かにお渡しいたしました。ご利用ありがとうございます、またのご利用を心よりお待ちしております」

至賢祭の開催が近づいてきたある日の事。

俺はアルベールにコレット、そしてすっかり当然の如くつるむようになったメリッサを連れ、平日の日中に街を訪れていた。

といっても、サボりというワケじゃあない。今ゼルフォアは至賢祭に向けての準備期間となっており、授業の時間が短縮されているのだ。

というわけで授業は午前で終わり、俺達は準備の一環として注文していた『カフェ』の制服を取りに来ていた。

今しがた聞いたのは服飾店からまたの来店を願う挨拶だ。

十着近い衣《い》装をオーダーメイドでご注文だ、帳簿の数字もさぞ景気のいい事になっているだろう。良い客になるのを期待する気持ちも分かる。

まあ、またこんな機会があれば利用しても良いかもしれない。もしかすると来年も……いや、それは少し気が早いか。

ともあれ、滞りなく商品の受け取りと支払いを済ませた俺達は、服飾店を後にする。

「無事に受け取れましたね！　検品も問題なさそうですし、俄然《がぜん》当日が楽しみになってきました」

「うむ、そうだな！　ミレーヌが袖を通す日が実に楽しみだ！」

店を出て歩き始めると、ご機嫌の王族二人がからからと笑った。

対照的に、そんな二人とは違って俺は荷物を吊《つ》り下げた手を落とすように肩を落としていた。

荷物が重いわけではない。

「……クソッ、想定外だ……こんな服を着ろってのか……？」

でき上がった服のデザインが予想以上に――ひどいもんだったからだ。

いや、モノ自体はいい。明るく特別感のある色合いに、可愛《かわい》らしさと扇情的である事を兼ね合わせたデザイン。露出も風紀を乱さない程度のモノ――と。

出来自体はいいのだ。カネをかけているぶん、未来の『カフェ』よりもより洗練されたモノに仕上がっているだろう。

問題は——それが、俺の予想以上に仕上げられてきたという点だ。

「はっはっは！　やはりやるからにはベストを尽くさないとな！」

コレットの存在、それを失念していたのだ。

衣装を注文する時、そういえばコレットが店に残って店員と話していたと思い出す。

何やら楽しそうにしているとは思っていたが、まさか発注にあれこれ注文を付けているとは思わなかった。

そうしてでき上がったのが、今受け取った服だった。

……今から気が重い。カラダが女なんだ、女物の服を着るくらい慣れたモンだと割り切ったつもりだったが、露出が多いとどうしてこう小っ恥ずかしいのか。

仕事柄厚着は多かったが、それでも男の時には露出なんざ気にした事もなかったのだが……

「ま、まあまあお気を落とさないでくださいミレーヌ様！　他にもこの衣装に袖を通される方はいるではありませんか！」

「……恥ずかしいものには見えないけど。わたしも着るんでしょ？」

「そりゃそうだが……趣味嗜好《しこう》は様々なんだよ」

とはいえコレットの暗躍を止められなかった俺がマヌケだったのだ、今更どうにもならねえ事をウダウダ吐《ぬ》かすつもりはねえ。

実際、メリッサが言うように、服のデザイン単体で見ればそれほど悪いモノでもない。それどころか、未来の世でもそうは見られない品質だ。

後は割り切れりゃあそれでいい。

「気が重いぜ……」

それができりゃ苦労はしないのだが。

この点に関しちゃ時間が解決してくれるのを祈るほかないだろう。……全く気にならなくなっちまうのも、それはそれで思うところはあるのだが。

まあいい。いくら考えたところで何ができるわけでもない。なら考えない方がマシだ。

「ふむ、しかし予想以上に滞りなく進んでしまったな。クラスの者達には悪いが、少し涼んでいかんか」

「賛成だ」

今は切り替えて、いくらかでも気分を明るくするとしよう。

コレットの提案に乗っかって、喫茶店で涼む事にする。

「みんな頑張ってるのにいいの？」

一応は『授業中』、教室では至賢祭の準備をしているであろうクラスメイト達を思ってそう聞くメリッサだが――

「視察だよ、視察。なんか言われたら、適当にそう言やいい」

人生、多少は適当に生きないと肩肘張って疲れちまうってモンだ。

実際にはメニューの数は絞っているし、料金も決定済みだ。今更新しく学ぶ事なんざありゃしねえが、人生はズル賢く立ち回った方が楽だ。

「アイスティーを四つ」

「かしこまりました」

堂々と表の席に座って注文を済ませる。

今日は暑い。冷たい飲み物がさぞ美味《うま》い事だろう。

「視察とはよく言ったものだが――こういう店も中々斬新だな。ゼルフォアには面白いものが多い」

「そうですね。冷たい紅茶というのも最初は驚きましたが、飲みやすくてこういう日にはたまりませんよね」

この喫茶店もまた、この時代にしちゃ斬新な形態だ。王族二人が感心しながら、結局『視察』を行っている。

だが言う通り、この『喫茶店』も大概斬新だ。紅茶にあれこれ品種が書いてないし、食事も軽食からガッツリと腹を満たせるのまで様々だ。

軽食と紅茶を楽しむ店というのも、もう少し先の未来じゃ珍しくないんだが、この時代のイルタニアにはこういう店は無いだろう。コレットの言葉から考えれば恐らくコルオーンも同じなのだろうと思う。

物流の中心だけあり、ゼルフォアの文化は進んでいるのかもしれない。

……この頃の俺は何をしていたか。確か『ミレーヌ』とはさほど歳《とし》が離れていなかったと記憶しているが。

だとするならば——

「おまたせしました、アイスティー四つ、お持ちいたしました」

「おお、来たな」

ふと、今の『自分』が何をしているのかに想いを馳せていたその時、店員が注文を持ってくる。

切り出された氷の入った四つのグラス。結露で薄《う》っすらと白んだグラスが実に涼しげだ。

一気に飲み干したくなる衝動を抑えて、こくりと喉を鳴らす。

「はあ……美味い」

喉を通って体を芯から冷やすような感覚に、思わず吐息が漏れる。

「味や香りは薄いが、実に心地よいな。飲み物……特に紅茶を凍《い》てつかんばかりに冷やすとはよく考えたものだ」

コレットの言う通り、飲み物を冷やすという発想は、未来を見てきた俺にとっても中々珍しい。

紅茶自体は安っぽい味だが、冷たいだけでこうも美味く感じるとは。……いや、あるいは薄いからこそより清涼感を増して感じるのか？

「ゼルフォアは面白いな」

忙《せわ》しなく人が行き交う街を眺めながら、呟《つぶや》く。

いくら未来を見てきたといっても、所詮狭い世界で生きてきたという事だろう、まだまだ知らないモノだって幾らでもあるってわけだ。

案外、そういうモノを見て回るってのも悪くはないかもしれない。

「楽しそうですね」

「ん？　ああ……まあな」

ゼルフォアの街並みを眺めていると、アルベールがくすりと鼻を鳴らした。

「これは珍しい。随分素直じゃないか」

「そうでもねえだろ？　普段俺をどういう眼で見てんだよ」

普通に肯定を返しただけで、からかうように歯を見せて笑うコレットにジト目を向ける。

一体俺をなんだと思っていやがるのか。

「皮肉屋」

「猫かぶり」

「お前らな……」

コレットとメリッサから同時にご意見が飛んでくる。

コレットはともかく、メリッサも軽口を叩《たた》くようになったのには少々関係の進歩を感じるな。

「ったく……」

「とはいうけれど、楽しそうじゃないか」

「ん？　……まあな。学園じゃお行儀よくしてるからよ、たまに気を遣わないでいるってのに解放感っていうか、そういうのがあるんだよ」

「ずっとそのままでもいいのに」

「そうか？　私は時折見せてくれるからこそ特別感を感じられていいが。……そういえば、メリッサの前ではその口調を隠さないのだな」

「ウッカリ素を見せちまったからな。今更取り繕うのもバカバカしいだろ」

「最初は驚いたけど、わたしはいいと思う」

そういえば、メリッサに素を出すようになったのを話していなかったか。

わざわざご報告するようなモンでもないのだが――

……それでも、こうして素を見せるからには信頼……というと言い過ぎだが、親しみを感じているってのは事実だ。

「むー、なんだか少しジェラシーというか……なんだこの気持ちはーっ！」

ずっと見せているモンにジェラシーも何もないと思うのだが。

両腕を上げて怒りを表現するコレットに苦笑する。

気がつけばなくなっていたアイスティーの氷が滑り、グラスを涼しげに鳴らした。

氷の音が、都会の喧騒《けんそう》にごく僅かな静寂を作る。

「わたしは、ミレーヌに謝らなきゃいけない」

「あァ？」

一瞬の木漏れ日のような沈黙を破ったのは、メリッサだった。

身を縮こまらせての唐突な宣言に、疑問の声が漏れる。

「わたし、思い込みで随分酷《ひど》い態度を取ってきた。一方的に敵視して……それを、謝りたかった」

「ああ、そういうコトかよ」

改まって何を言うかと思えば、今までの態度をわびたい、だそうだ。

それも今更な気がするが。

「別に気にしちゃいねえよ」

「……でも」

別に、その程度のコトを気にしちゃあいない。

実際に嫌われているのは『俺』じゃあなくって、人違いをしていただけだ。

前の歴史じゃもっと酷《ひで》え扱いをされていた事だってごまんとある。

「当の本人がいいって言ってんだ、気にするだけ損ってモンだぜ。回りくどい『お言葉』と違って、裏なんざねえんだからよ」

だからこれで終わりだ。追い払うように手を振ると、あっけにとられていたメリッサが口を開けていたが――

「ふふっ、なにそれ」

控えめに鼻を鳴らして、笑う。

つられて、アルベールとコレットも微笑《ほほえ》んだ。

その一瞬、なんだかゆっくりと時間が流れたような、そんな気がした。

それが妙に悪くねえ気分なんで――

「……っと、長居もなんだ、帰ろうぜ」

頭を振る代わりに、そう提案した。

そう提案すると、アルベール達が頷《うなず》いた。

思えば少し恥ずかしい事を言ったかもしれねえ。やや強引に立った席の後ろで、穏やかな笑いの声が聞こえた。

第十一話　名花

「その花瓶はこちらに！　そちら、クロスが曲がっていましてよ」

時が過ぎるのは矢の如《ごと》し、とはよく言ったもんで、目まぐるしい日々を過ごすうちにあっと言う間に至賢祭が開催される当日がやってきていた。

時刻は早朝。我らが『鳳《おおとり》の組』はカフェの開店に向けて最後の大準備を進めていた。

俺やアルベール、コレットは普段からこの時間から鍛錬をしているので問題はないが、殆《ほとん》どの生徒は本来まだおネムの時間だ。慣れない早起きに眼を擦《こす》る者、ボケたツラをしている者がそれでも忙《せわ》しなく教室を動き回っている。

俺はというと、檄《げき》を飛ばすようにあちこちへと指示を伝えていた。

寝ぼけ眼のガキ共にはこれで丁度いいらしく、準備が進むにつれてその顔に生気がみなぎっていく。

眼が覚めていくのと、待ちに待った至賢祭の開催を実感していくためだろう。

「ミレーヌ、そろそろ私達も衣装を着ておいた方が良《い》いんじゃないか？」

「ええ、仰《おっしゃ》るとおりです。メリッサさん、それにエルミラさんとロミルダさんはご一緒願えますか？」

「はい！」

「承知しました、ミレーヌさま」

メリッサの他、接客役に選ばれた二人の生徒を呼びつける。

エルミラは出るところが出ている落ち着いた美人、ロミルダはスレンダーながらも活発で健康的な褐色の少女といったところだろうか。

幼気《いたいけ》なメリッサと、凛《りん》としたコレットと合わせれば、あらゆる嗜好《しこう》に対応できるって寸法だ。

「ではアルベール様、殿方のご案内をよろしくお願い致します」

「はい、お任せくださいミレーヌ様」

男子の方は、アルベールに引率をさせる。

それぞれ別れて更衣室へと向かい、更衣室に着いたら衣装を渡していく。

この服に袖を通すのは、二度目だ。店から受け取った日にサイズを確かめたりするのに一度、そして本番の今回が二度目。

万が一にも汚したら台無しだからと理由を付けて着ないでいたが、流石《さすが》に本番は腹を据えなければならない。

「やっぱりカワイイですねー！　ミレーヌ様がお考えになったのでしたっけ？」

ロミルダが皺《しわ》にならないよう服を持ち上げながら言う。

「ええ、大本は私です。……とはいえ、そこにコレット皇女が手を加えられたのがこちらの服です。殆どはコレット皇女のお考えだと言って良いでしょうね」

謙遜のように聞こえるかもしれないが、事実である。

てめえで着る事になっちまったので、俺が店側に付けた注文はせいぜい『カラフルなメイド服』くらいのものだった。

「成程、コレット様が。納得しました。少し刺激的ですけれど、とても素敵ですよね」

そうしてでき上がったのが刺激的――直訳すれば露出が増えたこの衣装である。

そうは言っても、女子生徒が問題なく受け入れる程度のモノではあるのだが……やはり『俺』が着るとなると気が重い。

とはいえ文句を言ってどうにかなる時間はもう過ぎている。

衣装を身に纏《まと》う。付属した装飾品があるが、そちらを付けるのはまだ後にしたい。

「皆着替え終わったな！　では教室に戻ろう。私達の美しさを存分に見せつけてやろうじゃないか」

コレットの言葉に頷くロミルダとエルミラ。

流石に自分の見た目には自信を持っているようだ。実際、ここにいる五人はどれもそれなりのもんだと思う。見た目だけならと条件を付ければ俺を含めてだ。

だがいつまでもウダウダ言うのもそれはそれでらしくねえ。

更衣室を出て教室へと向かうと、廊下を歩く生徒達からの視線が集まる。

衆目に晒《さら》されるとまたキツいもんがあるが――

「……ふふ。皆様、是非鳳の組にお立ち寄りくださいましね」

そんなモンは気にするなと言い聞かせて、視線を釘付《くぎづ》けにされた生徒達に愛嬌《あいきょう》を振りまく。

せっかく注目が集まってるんだ、宣伝に利用しない手はない。

さぞや気になる事だろう。斬新で、刺激的な衣装を身に纏った見目麗《みめうるわ》しい女子が何をするか。恐らくアルベール達もまた女子生徒達の注目を引いている事だと思う。

「流石、抜け目がないな」

「ここまできたら、割り切れずにいる方がかえって恥ずかしいというものですわ。利用できるものはなんでも利用いたしませんと」

「したたか」

舌打ちを笑顔で隠して、周囲に手を振るなどして練り歩く。

さて、これで最後の準備は完了といったところだ。

……いや、俺には最後に一つ、個人的な用事が残ってたな。

教室に帰ると、そこにはもうアルベール達が帰っていた。

教室の中心で、舞台を降りた役者のように生徒達に囲まれている。

アルベール達男子に渡したのは、乗馬用の服――燕尾服《えんびふく》をアレンジしたスーツだ。だがよりタイトに、ツバメの尾を思わせる部分などは強調し、裏地の色で洒落《しゃれ》っ気《け》を演出している。

思惑通り、フォーマルな服を若者風に崩したデザインはこの年頃の少女達にウケたようだ。

作業が止まるのも無理はないと言ったところか。もう少し鑑賞会をさせといてやっても良いのだが、あいにくとのんびりしている時間はない。

「只今《ただいま》戻りました」

「おかえりなさいませ、ミレーヌ様……ッ!?」

教室の眼を向かせるように、大きめの声で帰還の挨拶を告げる。

……アルベール達が集めるよりも更に大きな注目が集まるだろうという確信があったか

らだ。

予想通り、教室中の眼《め》が更衣室から帰った俺達に集まった。

あれだけ騒がしかった教室が静まり返っている。自らの手で押さえられた女子生徒達の口からは吐息が漏れ、男子生徒達はあまりの衝撃に時間が止まっていた。

「な、なんて美しい……っ。天使、いや、女神さま……？」

特に、大げさではあるが、アルベールはまるで生まれたての子鹿のように脚を震わせている。

だがまあ無理はない。実際、コレットが仕込んだ衣装は大したものだった。

大きく開いた胸元、セパレートにしたつけ襟——エプロンドレスを基本としながらも鎖骨までが晒された大胆なデザイン。

スカートはふんわりと膨らんでおり、そのキュートなイメージがセクシーな上半身と対比を感じさせつつも喧嘩《けんか》をせずに調和している。

普段この学園の生徒はあまり脚を顕《あらわ》にはしないのだが、短いソックスによって貴重な生脚が大胆に見せつけられるようになっている。

だが下品ではない。可愛《かわい》らしい赤を貴重としたカラーリングがそれらを纏めていて、そして頭のワンポイント——ウサギの耳を模したようなカチューシャがその方向性を可愛らしいという方へと決定づけている。

これらによってエプロンドレスはキュートながらもしかし、女性としての魅力をより強調するような衣装に仕上がっていた。

……だからこそ『俺』にとっちゃこんなに着づらい服もないとは思うのだが、それに身を包むコレットやメリッサは可愛らしいと思った。特に、コレットなんかは——いや、やめておこう。

そんな意味じゃ、アルベールにとっては俺の姿は衝撃的なのだろうと思う。

実際、男女問わずクラス中の奴《やつ》らが俺達に魅了されている。滑り出しは大成功といったところだろう。

「まさかこれほどまでとは思いませんでした……！　ああ、この感動をなんと表現したらいいか……！」

「ありがとうございます。アルベール様もよく似合っておいでですわ」

よろよろと歩みを進めるアルベールが倒れないように手を取ると、また教室をため息が満たす。

実際、アルベールの方もよく似合っていると思う。

細い体つきをタイトなスーツがより強調し、ガラス細工のような華奢《きゃしゃ》な体を綺羅《きら》びやかに彩《いろど》っている。

……ああ、それだけに残念だな。

「ただでさえ魅力的なのに、これほどまでにミレーヌ様の魅力を引き出す衣装となるなんて……！　これはコレット皇女の案なのですか？」

「ええ。原案こそ私ですが、これほどまでに完成度を高めたのは殆どコレット皇女のお手柄と言えるでしょうね」

「ああ、なんと……ぼくには分かります、これは、ミレーヌ様の魅力を引き出す事を第一に考えられたものでしょう。ぼくは今、心の底からコレット皇女を尊敬しています」

「……ふん、私の方こそ、それに気がついたのは褒めてやろう。アルベール王子、キミもまたミレーヌの事をよく分かっていると認めざるをえないようだ」

何やら王族二人が固く握手を交わすのを見て、俺は心底げんなりした。

組み手の成果か、アルベールとコレットのコンビネーションは日々成長を続けている。

いつの日かそれが俺を脅《おびや》かす事になるかもしれない——そんな悪寒《おかん》が身を包んだ。

そもそもこんな状況に追い込まれたのだってアルベールとコレットのせいだと思うと、また少し腹が立ってくる。

……いや、いい。それよりも、計画を最後のところまで進めるとしよう。

俺をこんな状況に追い込んだアルベールへの復讐《ふくしゅう》を、だ。

「さて、では最後の準備をいたしましょう——ああっ足がっ」

わざと足をもつれさせて、アルベールの方へと倒れ込む。

コレットが驚きの表情を浮かべるのが分かる。咄嗟《とっさ》に俺を受け止めようと手を差し伸べるが、一瞬の遅れによりそれも間に合わない。

だが最初から倒れ込むつもりはない。俺は、同じく驚愕《きょうがく》の顔を浮かべるアルベールへともたれかかる。

そして——勢いよく服を摑《つか》んで、引き裂いた。

「うわあっ⁉　み、ミレーヌ様……⁉」

「も、申し訳ございません、アルベール王子！　疲れからか、足がもつれてしまって……」

自分に向かってきた俺を抱え止めるアルベールに、白々しい謝罪を述べる。

しおらしい態度を見せたからか、疑っている様子も見受けられない。

人の良《い》い坊《ぼ》っちゃんを騙《だま》すのには少々気がとがめたが——これは復讐だ。

先にやったのはあっちである。

「いえ、幸い無傷です、ぼくの事はお気になさらずに。ミレーヌ様がお倒れにならなくて済んだのならばよかったです」

アルベールならばそう言うだろうな。そう思いながら、ゆっくりとその腕を離れる。

幸い、二人とも無傷だった。だから気にするなとアルベールは言う。

「ですが、服がこの様子では……残念ながら、接客役を務める事ができそうにありませんね。ミレーヌ様のお力になると言っておきながら、不甲斐《ふがい》ないです」

しかし、せっかく用意した燕尾服は無残に破れてしまった。

教室から落胆の息が漏れる。アルベールの燕尾服はよく似合っていた。可愛らしい方面に振り切っちゃいるが、クラスの男子生徒の中でも特に顔がいいアルベールの戦線離脱は、それは残念に思えるだろう。

アルベールも肩を落としている。俺に請《こ》われてする事になった接客役を降りる事になるのに後ろめたさがあるのかもしれない。

だがこれでいい。最初から、全ては予定通りだ。

「そういう事でしたら心配は必要ありませんわ」

そう、最初から予定しているのだ。ここで、このタイミングで足をもつれさせてアルベールにより掛かる事も、燕尾服を破く事も。

もとより、そのために燕尾服は破れやすく作るよう注文をしている。

「こんな事もあろうかと、代えの服を用意してございますわ。どうか、どうかこの服を御身に着けてくださいまし。アルベール王子がいないと、私も心細いですから……」

「なんと！　流石《さすが》はミレーヌ様です！　不測の事態までも予想しているなんて、このアルベール感服いたしました」

そして——その代わりになる服もだ。

……俺一人で地獄には落ちねえ。てめえは必ず地獄の道づれにしてやる。

あの日誓った復讐は、忘れちゃいねえ……！

代えの服を渡すと、アルベールは元気よく更衣室へ向かって駆けていく。

笑顔でその姿を見送ると、コレットが恐ろしいものを見る目つきでこちらを見ていた。

「いつから……計画していた……？」

どうやら渡した服がどういうモノであるかも察しがついているようだ。

流石コレット、報復のやり方はよく知っている。

最悪のタイミングで最強の攻撃を。国一つ滅ぼす策とは比べようもないが、俺もやり返す事には一家言ある。

「どういう事？」

メリッサがわけも分からず首をかしげる。

「……いや、まあすぐに分かるだろうさ。キミもミレーヌを敵に回さないほうがいいぞ。これからは私も少し気をつける」

「もう敵だとは思ってない。……ほんとに、なに？」

コレットに対する復讐は諦めていたが、牽制《けんせい》になったのならばやったかいがあったというものだ。

知らず、笑顔になっていた。メリッサが怪訝《けげん》な顔でこちらを見ている。

……ここから男子の更衣室は離れた位置にある。

聞こえるはずはないのだが――

「な、何なんですかこれはーッ!?」

そんな、アルベールの悲鳴が、聞こえた気がした。

第十二話　新喫茶

「ううう……ひ、酷《ひど》いですよミレーヌ様……」

「あら、よくお似合いですよ？　私は、アルベール様により似合う衣装をお渡ししただけですわ」

その後暫《しばら》くして。

教室に戻ってきたアルベールはめそめそと泣きながら必死に身を縮こまらせていた。

そんな事をしても周りから隠せる面積はたかが知れているのだが。

「……ほんと、よく似合ってる。こわいくらいに」

アルベールの姿を見て、メリッサが呟《つぶや》くように言う。

そう、俺やメリッサ自身と同じエプロンドレスに身を包んだアルベールを、まじまじと見つめながら。

「あまり見ないでくださいぃ……こ、こんなの仮にも王子の姿じゃないですよぉ……」

「あら、堂々としていれば女の子にしか見えませんわよ。『見慣れぬ女子がいる』――他のクラスのお客様達には、そう思っていただいた方が得なのではございませんか？」

俺の復讐。それはアルベールにも『お手伝い』をしてもらう事だった。

ただし、男子の接客役としてではなく、俺と同じシゴトをしてもらう事で。

そのためアルベールにわたす燕尾服《えんびふく》は破れやすいように作ってあったし、アルベールのサイズに合わせたエプロンドレスも用意してあったというわけだ。

俺を地獄に叩《たた》き落としといてのうのうとしているなんざ、許すはずがねえ。舐《な》められたままでは済まさないのが俺のモットーだ。

「い、いや……でも、本当にお似合いだ……」

「俺、なんか変な気持ちが……」

「う……ううう……！　ミレーヌ様ぁ！」

その所為《せい》で何か新しい扉が開こうとしているヤツらもいるが、まあそんなヤツらは遅かれ早かれどっかでなにかに目覚めるだろう。新しいモノを楽しむ素養を身に付けさせてやってる事に感謝してほしいくらいである。

「今日限りの戯《たわむ》れと思って諦めろアルベール王子。これに懲りたら今後の行いを考える事だな」

「こうなったのも、もとはと言えばコレット皇女が言い出した事ではありませんか！　ま

るで他人事《ひとごと》のようにぃぃ……」

「いやはや、恐ろしい事だ。やるからには上手《うま》くやらんとな」

知った顔で頷《うなず》くコレットに恨みがましそうな視線を向けるアルベール。

立場が無けりゃコレットにも何かしてやろうという気はあったのだが——自分で着るのが嫌なモノを薦めたアルベールと、ノリノリで自分も同じ服を着こなすコレットとではやった事の意味も違う。

コレット本人が制服を着るのに抵抗感を示していない以上、今回は俺の『負け』だ。

「おしゃべりはこの辺にしておきましょう。そろそろ開店の時間ですわ」

「おおもうそんな時間か。ほらシャキッとしろアルベール王子」

「うう、でもぉ……」

この期《ご》に及んでグズるアルベール。

突然女物の服を着る事になった気持ちはよく分かる。分かるが——それとこれとは話は別だ。

「コレット皇女の仰《おっしゃ》るとおりですわ。非常によく似合っておいでです、上手く立ち回れば、誰もアルベール様だとは気づきませんわ。……女装をした王子になるのも、『至賢祭』の間だけ存在していたミステリアスな美少女となるのも、全てはアルベール王子の振る舞い次第となるでしょう」

こうなってしまったらかえって恥ずかしがる方が恥ずかしいというものだ。

大体からしてアルベールは既に二度もの女装経験があるんだ、今更文句は言わせねえ。

「開店します！　外は既にお客さんでいっぱいですよ！」

と、まだ迷うアルベールへ追い打ちのような知らせが届く。

皮肉な事に滑り出しは上々になりそうだ。ここまでやったんだ、結果が付いてこなきゃ甲斐《かい》がない。

「それでは——我らが鳳《おおとり》の組、『カフェ・アウローラ』開店です！」

仰々しい名前と共に、教室の入り口を開放する——すると、そこには凄《すさ》まじい数の生徒が並んでいた。

今店番をやっている奴《やつ》ら以外の全校生徒がここに集まってるんじゃあないかという程だ。

さあて、気合を入れるとしよう。メリッサやコレットに目配せをしてから、アルベールを睨《にら》みする。

頷くメリッサとコレット。僅かな逡巡《しゅんじゅん》を見せるアルベール。

「いらっしゃいませ！」

だが綺麗《きれい》に、その声が重なった。

目一杯の愛嬌《あいきょう》と共に、迎え入れるように手を広げる。

困惑混じりのどよめきの後、恍惚《こうこつ》としたため息が充満した。

「何名様でお越しですか？」

「あ、あ……あの、四人……です……」

見惚《みと》れる気持ちは分かるが、ウチは薄利多売——といっても一般的な喫茶店からすりゃ大分高いが——だ、こっからは回転率がキモになる。恭《うやうや》しさよりも活発さにより店の明るい雰囲気を押し出しつつ、呆《ほう》けていた男子生徒を席へと案内をする。

「当店のメニューは一つとなっています。お茶菓子に添えるジャムだけお選びくださいませ」

「あ、じゃ、じゃあイチゴを……」

「僕らもそれで……」

メニューは一つ、ティーセットのみ。バノックに添えるジャムだけを三種類の中から選ばせる仕様だ。

極限まで簡略化した接客のシステムに、お嬢様の習い事レベルの茶菓子と紅茶。

しかしそれで相場の二倍以上という値段を、不満に思うやつはいないだろう。

「見たか……？　ミレーヌさんのあの笑顔……！」

「美しくも恐ろしい人だと思っていたけど、あんな笑顔もするんだな……」

それだけの付加価値が、この接客にこそあるのだ。

俺も元は男だ、連中の気持ちは分かる。こういうギャップってのはどうにも男を惹《ひ》きつけるモンだ。

恍惚とした表情は、まさに夢のようだと奴ら自身が語っている。

「ブルーベリーに、マーマレード。これでいい？」

「あ、ああ！」

「こちらはブルーベリーが三つだな。承知した」

「は……はいっ！」

他の奴らも好評のようだ。

幼気《いたいけ》なメリッサ、凛《りん》としたコレット。

コレットなんかは、王族に接客されるというありえない体験も付加価値の一つとなっているだろう。

王族といえば――

「い、いちごジャムが三つですね。承りました……」

アルベールも上手くやっているようだな。

注文を聞いてそそくさと引っ込んでいくのはいただけないが——

「あんな子、いたかな……」

「どうだっけ？　……でも、可愛《かわい》かったな」

「奥ゆかしい……」

その恥じらいが、いい具合に男どもに刺さっているようだ。

せいぜい一日限りの夢を楽しむと良《い》い。きっとほろ苦い思い出となるだろう。

それくらい、アルベールの女装は完璧だ。言われなきゃ——いや、そうと知っていても女にしか見えねえ。

っと、他の奴らの仕事ぶりは大丈夫そうだ。見とれてないで自分の仕事をするとしよう。

「おまたせしました、アウローラティーセット、いちごジャムで四つです」

殆《ほとん》どできあいの紅茶と茶菓子、そこにジャムを添えたものを配膳する。

席の男子から、おお、と歓声が上がる。

……我ながら顔の方はそれなりに見られるという自覚がある。綺羅《きら》びやかな服で愛嬌を振りまかれたら、大抵の男はこうなるだろう。

緩慢な動作で茶菓子を口に運んでいるが、味なんていくらも感じていないはずだ。

あとは適度に客を回していくだけだ。割り切っちまえば簡単なシゴトだぜ。

「ありがとうございました～……次のお客様、こちらへどうぞ！」

客を送り出して、そして迎え入れる。ひっきりなしに動くもんで、これが中々忙しい。

つまりそれだけ儲《もう》かってるってコトだ。商売繁盛《はんじょう》を実感するのは、悪くない気分だった。

「ああ……普段の凜々《りり》しいお姿も良いけれど……」

「利発な印象のミレーヌ様も、イイ……」

……それに、なんと言うべきか。人間を転がすってのも意外に悪くない気分だった。

お遊びの一環という前提があってこそだが、安いカネでいいように使われていた身分からすりゃ、愛嬌一つで貴族をいいように動かすのは後ろ暗い喜びを感じる。

とはいえ小っ恥ずかしさが抜けないあたり、向いちゃいなさそうだが。

小さく頭《かぶり》を振って、再び仕事に集中する。

その後も客足は絶える事なく、やがて交代の時間がやってくる。

「ミレーヌ、交代の時間だ、一度引っ込もう」

「ええ、承知いたしました」

コレットと向かい合って微笑《ほほえ》むと、またあちこちからため息が聞こえてきた。

だが後に続くロメルダやエルミラも中々の美人だ。王族だの名家だのという付加価値は薄れるが、男子達と合わせれば十分にやっていけるだろう。

「ええー！　ミレーヌ様、居なくなっちゃうんですか⁉」

「コレット様もなんですかっ⁉」

意外だったのは、俺やコレット、そしてメリッサやアルベールがメインとなる男子客向けの時間でも女子生徒がそれなりに入っている事だろうか。

「ふふ、残念がってくれるのは嬉《うれ》しいが、私達も至賢祭を見て回りたくてな。私達の出番はまた後でやってくるから、その時にでもまた訪れてくれ」

「はっ……はいぃ……！」

「何度でも来ます……っ！」

……いや、コレットがこんな調子だ。分からないでもねえな。

コイツは女だてらに、妙に男らしいところがある。それも上に立つべく育てられた英才教育の賜物《たまもの》なんだろうが。

将来大軍を率いる女帝様だ、今からその素質十分といったところだろうか。

「では皆様、私達は一旦これで失礼いたします。よろしければ、またお会いしましょう」

「絶対来ます！」

「何度でも通いますッ！」

……ヘンな事に、人気じゃ俺も負けてないようだが。

少なくとも学園にいる間は淑《しと》やかに振る舞っているつもりなんだがな。解《げ》せねえ思いを抱えながらも、カーテンで仕切られた裏へと引っ込む。

「それじゃ、エルミラさんにロメルダさん、後をお願いいたしますね」

「たはは、ミレーヌ様の後じゃ出づらいですね」

「でも、なんとか頑張ってみます。至賢祭を楽しんできてくださいませ」

後の事を頼んで、制服を手にする。

流石《さすが》に至賢祭のあいだじゅうこの服でいるのはゴメンだ、休憩の時間くらいはせめて制服で過ごしたい。

「ん、着替えるのか？」

「ええ。出番じゃないときくらいは気楽に過ごしたいので」

「せっかくかわいいのに」

「それでもです」

コレットとメリッサが口を尖《とが》らせるのを、ぴしゃりと断ち切った。

珍しく口を挟まないアルベールだったが――

「あ、あのう……ぼくはどうしましょう……？　こんなに目立っては、男子の更衣室を使うわけには……」

どうやら、俺の気持ちが少しは理解できたようだ。

「……着替えたければ、カーテンを使って教室で着替えるしかないでしょうね」

「うう……それしかありませんよね……」

女の格好のまま男子の更衣室に入っていくわけにもいくまい。

そういう意味じゃ、体が男のぶんアルベールの方がツラいところもあるのかもしれない。

まあ、自業自得《じごうじとく》だが。

「それでは私達は着替えてまいります。後ほど教室に戻ってくるので、こちらで合流しましょう」

「はい……」

これに懲りたら、突然の裏切りもなくなる事だろう。

しかしなんだろうな、打てば響く面白さというのだろうか。落ち込むアルベールに愛嬌を感じつつ、俺は教室を後にするのだった。

◆

着替えも終わって、アルベールと合流した俺達は、至賢祭を見て回るべく四人で学園内を歩いていた。

渡された小冊子によれば、色々な店がひしめき合っているようだ。

当たり前だが大抵が貴族用の店で俺には今ひとつピンとこないが、敵情視察と思えば中々どうして面白い。

「もう……酷《ひど》いですよう、ミレーヌ様。一体いつから計画なさっていたんですか……？」

「それはもう、最初からですわ。私もアルベール様に梯子《はしご》を外されたときは、それは落胆したのですよ？」

まだ納得がいっていないのか、アルベールは恨みがましく指を突《つ》いている。

してやったりといったところだ。ちっとは俺の苦しみが理解できたのならば幸いというモノである。

「用意周到。恐ろしい女」

メリッサはジト目を向けてくるが、そんなものはもはや気にならない。

悪巧みが成功する瞬間ってのは、幾つになってもいいもんだ。

「そのとおりですわ。私は怒らせると執拗《しつよう》で、恐ろしいのです」

「な、言ったろう。敵に回さないほうがいいと」

「ほんとにその通り。できればよい関係を築いていきたい」

「その点に関しては同意しますわ」

毒の含まれた言葉にも、気にせず返す。

とはいえいい関係を築いていきたいというのは本当だ。

メリッサの巫女《みこ》としての力は恐らく本物だ。いや、実際にその力をこの眼で確かめている。俺を取り巻く面倒事に巻き込むつもりはねえが、その力を借りる時が来るかもしれない。

……まあ、それも『イルタニア』に融通が利《き》くならばという話ではあるが。例えば前にコレットが監禁された時なんか、行き先が分かればコトはスムーズに済んでいただろう。

結局何もなかったから良かったが、もし手遅れになっていれば、世の中はイルタニアの『お言葉』にぐっと近づいていたはずだ。

「それで、何処《どこ》から回る？」

「そうですね、買い物にはあまり興味を持てませんし、出し物を中心に見て回りたいものですが」

「あ、じゃあ二年生のこのクラスはどうでしょうか？　お芝居をやるようですし、そろそろ次の開催が近いようですよ」

……そうなっていたら、こんな風に笑い合うってのもなかった事なのだろう。

それは少しばかり、面白くねえ。

今じゃメリッサもその中に含まれつつある。巻き込みたくはないが、いよいよとなれば事情を打ち明けて協力を仰ぐ必要があるだろう。

とはいえ最近はめっきり姿を見せないヤツらだ、それが杞憂《きゆう》で終わりゃ、それに越した事はない。

最低限、卒業するまで大人しくしていれば、俺一人ならどうとでもなるという自信もある。

「少しだけ気になりますね。お芝居の方を見に行きましょうか？」

「うむ、我々意外に催し物の形式を取っているクラスの実力を見せてもらうとするか！」

それまででいいから、大人しくしていてくれりゃあ助かるんだがな。

先頭を歩くコレットを見て、喉を鳴らした。

今は少しだけ、この時間を楽しむ事にしよう。

◆

——結論から言えば、劇は酷いもんだった。

そりゃそうだ、たった一日という短い期間で何度も繰り返し上演しなけりゃならないんだから必然と尺は短くなって脚本がまとまるわけはないし、演技だって素人《しろうと》のそれなんざ見れたもんじゃあねえ。

ただ――

「あっはっは！　あれは酷かったな！　特に最後の慟哭《どうこく》は、我ながらよく笑いを堪《こら》えたと褒めてやりたい！」

「展開も凄《すさ》まじかったですね。まさか神が現れて全てを解決してしまうとは……」

「正直よく分からなかった」

食堂で軽食を摂《と》りながら、無駄金を使って見た劇が如何《いか》に酷いもんかを語り合う時間は意外にも楽しかった。

いっそ早く終わってくれとさえ思っていたというのに、こうして語り合う時間はいくらあっても足りないと思うほどだ。

「ん、気がつけばこんな時間か。思っていた以上に話し込んでしまったな」

「うぅ……またあの服を着なければならないんですね……」

だが、面白い時間ほど早く過ぎるものだ。気がつけば、再び接客役をしなければならない時間が迫っていた。

あるいは、嫌な事が後に控えていると、時間は早く経つ――なんて思ったが、違うな。

アルベール達との時間を楽しく感じていたのだろう。

「……ふふ。今日限りの事です、いっそ割り切って楽しんだ方が得かもしれませんよ？　アルベール王子」

そう、今日って日は二度と来ねえんだ。こうなりゃ、俺も一日くらいは馬鹿になってみようじゃないか。

なあに、酒の席の宴会芸じゃ、二度と世間に顔向けできねえってネタも平然と飛び出すんだ、見れる姿をしているだけマトモってモンだろう。

「え、あ……そ、そうですね。言われてみれば、仰《おっしゃ》るとおりかもしれません」

「確かに、お城に戻ったら女装する機会なんてないかも」

「ちょっとメリッサさん!?　そういうのは小さい声で言ってください……！」

メリッサのツッコミに大慌てで声を潜めるよう指摘するアルベールだが、大仰な身振り手振りがかえって周りの視線を集めている。

とてもあの美少女がここにいる王子様だとは思わないだろうが、本人がこの様子じゃそのうち気づいてしまうやつも出てくるかもしれない。

流石に反省したろうし、ちょいと助け船を出してやるとしよう。

「メリッサさん、少し――」

よろしいかしら。そう、続けようとしたその時だった。

岩を砕くような轟音《ごうおん》が響き、直後に腹の底に響くような低く重い震動が突き上げる。

「なっ……なんだ⁉」

「今の音何っ⁉」

食堂にいた生徒達が突き動かされるように立ち上がり、正体の見えない音と震動に天井を仰ぐように視線を動かす。

……今のは、爆発の音だ。正確には、爆発で何かが破壊される音と言うべきか。

「……ミレーヌ」

「しっ、少し待ちましょう」

その異常にいち早く気づいたのは、コレットだった。

ただの轟音じゃない、攻撃的な意思をもって発生した破壊の余波。そうだと気づいたのは、軍事国家の皇女として、訓練などの一環でそれらを見てきたからか。

パニックの芽がざわつく中、声を潜めて次の音を待つ。

……暫《しばら》く待つと、今度は鐘の音が聞こえてくる。

異常事態の発生を知らせる、警報の音が——どうやら、学園側でもこの異常を把握したらしい。

「これは……⁉　どうした事でしょう、ミレーヌ様……？」

「まだ分かりません。しかし……恐らくは、学園が何らかの攻撃を受けています」

そう、貴族の子女が集まるこの学園が、何者かに攻撃を受けているというその異常をだ。

ついで、再び爆発音が響くと、食堂には完全なる恐慌《きょうこう》が訪れた。

「何っ⁉　嫌……！」

「ひぃっ……！　ど、どうなってるんだ⁉　警備は⁉」

二度も爆発音が響くとなると、事故や偶然でない事はたしかだ。

それが、他の生徒にも分かったのだろう。尋常ならざる現状を把握して、パニックに陥っている。

「『奴《やっ》ら』か……？」

「なんとも言えません。ですがこのままというわけにもいかないでしょう」

俺はコレットの言葉を判断材料の少なさで否定しつつも、十中八九そうだろうと考えていた。

それにしては少々急ぎ過ぎだという気もする。……コレットが謎の失踪、というのも大概だが、それを『まだ早い』として踏み切らなかった奴らだ。こんな世界各国の貴族の子供が集まる場所を襲えば、下手人は世界から共通の敵として認識される事になるだろう。

やり方に一貫性がないのは、何か別の団体だからか、それとも奴らも一枚岩というワケじゃあねえのか。

……どちらにせよ、こんなムチャクチャをやる奴が『月の神々』の他にもいるとは考えたくないもんだぜ。

「奴ら……?」

「……この一件が片付いたら、話して差し上げますわ」

こうして巻き込まれてしまった以上は、メリッサにだけ黙っている必要もないだろう。が、今はそんな事をしている場合じゃない。

「私は何が起きたのか見てまいります。コレット皇女とアルベール様は皆様を落ち着かせておいていただけますか?」

このまま指を加えて被害が広まるのを見ているのも面白くねえ。兎《と》にも角《かく》にも『敵』の姿を見つけて、叩《たた》く。

そのためにも、これ以上被害が出ないようにとアルベールとコレットにまずは食堂の奴らを落ち着かせるよう頼むが——

「何を言うやら。私も行くぞ」

「同じくです。今こそ特訓の成果をお見せする時です!」

……予想はしていたが、二人は俺に付いてくるという。

クソッたれ。

「あのですね……」

「王族だから何だ、は無しだぞ。それを言うのならば、何かあった時にキミの傍《そば》にいるのが一番安全になるだろう？」

コレットの言葉に、こくこくと頷《うなず》くアルベール。

……ったく、コイツらは。俺に都合の悪い時ばかり結託しやがる。

だが一理あるのも事実だ。コレット達ならそこいらの雑魚《ざこ》よりかは余程強いし、足手まといになる事はないだろう。

ペールマンクラスの奴が二人もいれば話は別だが、そうなりゃどのみち俺一人じゃどうしようもねえ。

「分かりました。問答する時間が惜しいです、行きましょう」

結局、折れて二人の同行を許可する。

ああだこうだと言い争いをしているうちに、三回目の爆発が起きたら最悪だ。

「……！　わたしも……」

「メリッサさんはこちらで待っていてください。……戦えない方をつれていく余裕はございませんの、ご理解くださいまし」

「っ」

だが流石《さすが》に、戦えないヤツを連れて行く余裕はない。

取り付く島もない強い拒絶の意思に、メリッサは息を呑《の》んでそれきり何も言わなくなった。

「では、コレット様。出発の前に、皆さんを落ち着けるよう一言お願いします」

「む？　ああ、任された——皆の者！」

指揮者がするような大仰な動きで、コレットが腕を突き出す。

一喝するような呼びかけは、堂々たる風格をもって、混乱の坩堝《るつぼ》の中を一瞬のうちに静けさで満たす。

「突然の事態にさぞ混乱している事だろう！　そこで、我々が代表して教師を呼んでくる事とした！　しばし、神妙に待つがいい！」

コレットの宣言に、食堂に再びざわめきが起こる。だがすぐさまそれは静まっていき、やがてあれほど騒がしかった食堂に静寂が訪れていた。

これだけで場を収めるのはカリスマと言ってもいいだろう。

満足気に鼻から息を押し出して、こちらに輝いた眼《め》を向けてくる。

ろうか。

「……流石はコレット皇女ですわ」

「ふふん、そうだろう！」

こういうところがなきゃ完璧だったのだが、それは十年後のお楽しみと言ったところだろうか。

とはいえこれで食堂の連中が無意味に動き回る事もなくなっただろう。

早速行動を開始する事にする。

食堂を出ると、誰もいない廊下が視界に入る。……通常、誰かしらが行き交う廊下に誰もいないのには、不気味さがあった。

「どうやら、無闇に歩き回る者はいないようだな」

「賢いぜ。命の危険ってのを理解できていて結構じゃねえか」

実際、何かあれば悲鳴の一つでも聞こえてくるだろう。

そうでないって事は、無闇矢鱈《むやみやたら》と動き回るヤツがいない証拠だ。

思っていたよりもガキどもが賢かったのは嬉《うれ》しい誤算だな。予定通り、事態の把握に動くとしよう。

「……よし、行くか。警戒はしとけよ」

「はい」

「ああ」

二人に注意を促して、歩き出す。

さあて、一体何が出てくるんだろうかね。

苛立《いらだ》ちを吐き出すように、俺は舌を打つのだった。

第十三話　戯曲

「……ここにもか」

学園内の索敵を始めて少し、出歩いている生徒には教室で大人しくしているように、教師には生徒を引率して静かにしているようにと言い含めて回る。

まったくガラにもねえ事をしながらざっと歩き回った二階で、俺は声を潜めて呟《つぶや》いた。

視線の先にあるのは、魔力が込められた紙の札——魔術札だ。

これは、術式と共に魔力を込める事で魔術を発動する事ができる魔道具の一つである。

「火の魔力を感じるな。という事は、先程の爆発は？」

その中でも、コイツには火の魔術が込められている。

「十中八九コイツの仕業だろうな」

つまりはそう、先程の爆発を引き起こしたのは、これと同じものの仕業だろうという事。

見たところ、札の前を何かが横切ると起爆するといったところだろうか。

そんなモノが、各階層の連絡路になる階段に仕掛けられている。

本来ならば退路を断つため……と、考えるところだろうが。

「……何故《なぜ》、仕掛けていない場所があるのでしょう？　敵の目的が分かりません」

それが、解《げ》せなかった。

二階を探索したところ、まるで、ここを通ってくださいと言わんばかりに魔術札が仕掛けられていない階段が一つだけあった。

「もう一度、罠《わな》のない階段を調べるぞ」

「解除はなさらないのですか？」

確かめたい事ができた。

なのでこの階段は放っておいて、先程見つけた魔術札が仕掛けられていない階段へと向かう事を告げる。

アルベールは見つけた魔術札を放置したままにする事に疑問を挟むが――

「魔術札に関しちゃ、専門家じゃねえ。解除にも時間がかかりそうだ――それに」

「それに？」

いちいち見つけたハシから罠を解除していたら時間がいくらあっても足りない。

こういうのは、後にやってくるであろう解呪の専門家に任せたほうが確実だ。

それに、と聞き返したコレットへと振り返り、続ける。

「こんな見え見えの魔術札に引っかかるバカ、そうはいねえだろう。なにせあからさまだ、こんな状況で近づこうとは思わねえだろ？」

「ふむ。一理ある。が、恐慌《きょうこう》状態にある生徒が駆け込んでくるかもしれんぞ」

「それだったら今頃そこらじゅうで爆発の嵐さ。恐らくだが、敵は今この場で事を起こすつもりはねえんだ」

魔術札は、素人《しろうと》でも見て分かるように設置されている。

……まるでそれは、立入禁止を示す札のようだ。

命がかかっていれば、逆張りで禁忌を犯すバカもそうはいまい。

つまり、俺が感じている違和感とは——

「誰かが、何処《どこ》かに誘導したがってる。それが何処か、その先に何があるかを調べなきゃならねえ」

こいつは、回りくどい案内板だって事だ。

学園の奴《やつ》らを殺すなら、もっと手っ取り早い方法が幾らでもある。

まるでお遊びのような方法に、冷徹を突き詰めたようなペールマンのやり方との齟齬《そご》を感じていた。

まさか本当に『月の神々』以外にも厄介な団体があるってのか？

……疑問は尽きないが、ひとまずはそれを調べるためにも今は『案内板』の先へ行かないとならない。

「行くぞ」

物騒な案内板を避《よ》けながら、生きている階段へ向かう。

さあて、先には一体何が待っているのやら。

◆

「なんとなく、予想はついていたけどよ」

『案内板』の導く場所、恐らくはその終点までたどり着いた俺は、呆《あき》れまじりに鼻を鳴らした。

塞がれた道を避け、敵の思惑通りに移動を続けてたどり着いた場所は——講堂だった。

この学園で最も多くの人数を収容できる施設だ。

当然、この場所が選ばれたのは偶然ではないだろう。

「最初から学園の者をここに集めるのが目的だった、という事か？」

コレットの問いかけに頷く。

やがて『避難』を始める学園の関係者を一箇所に集める目的は一体何か。纏《まと》めて吹っ飛ばすのが目的か、あるいは人質として監禁する事か？

……どのみちロクな事じゃないだろう。

「で、どうするんだ。この先に待ち受けるものが我々にとって良いものではないという事だけは分かるぞ。我々の行動が早かったおかげで、まだ学園の者は誰も来ていないようだが――」

「ここまで来たら見ないわけにもいかねえだろ。モタモタしてたら学校の奴らが集まっちまう」

罠があるとワカっていて突っ込むのもバカバカしいが、こっちは放っておけばそのうち誰かが引っかかる。見てみないふりをするってのも気分が悪かった。

さて、もし俺が敵なら――

掌《てのひら》を上に向けて、そこに魔力の弾を生み出す。

なんの変哲もない、光の力を持っている破壊のエネルギーだ。

――もしも俺が敵なら、さんざ動作感知の魔術札を見せておいて、最後は接触をトリガーとする魔術札を仕込む。

学園の奴らを一網打尽にするってんなら、これだ。

正直この仕掛け人の思惑はまだ読めねえが、案内に従って来た行儀のいい奴らとパーティをするのが目的ってワケじゃあねえだろう。

……だが、もしも敵の目的が一網打尽なら、この時点で何も邪魔が入っていないのもそれはそれでおかしい。

壮大な前フリで仕込んだ渾身《こんしん》のネタをたった三人で暴《あば》いちまおうってヤツを放っておくとは思えない。

……まあ、貴族の通う学園を襲撃している時点でマトモな頭を持っているわけもない。頭の作りが違う奴らの事にいくら考えを巡らせても無駄だろう。

「行くぞ？」

小さく合図をすると、頷《うなず》きが帰ってくる。

細けえ事は後だ。今は力ずくで埒《らち》を明けてやる！

「おらァッ！」

破壊のエネルギーを凝縮した魔力の弾を放り投げる。

重々しい鉄の扉へと向かった光の弾は――そのまま、鉄の扉を吹き飛ばした。

「……これは、どういう事だ？」

「何も仕掛けてなかった、ってコトじゃあねえか」

つまりそれは、少なくとも扉には何も仕掛けられていなかったという事だ。

アテが外れて肩透かしを食《く》らう。

とすると、単純な殺戮《さつりく》が目的ってワケじゃあないのだろうか。

「ちっ……」

全くもって、意味が分からねえ。

苛立ちを体現するように、無造作に歩みを進める。

「ミレーヌ様っ……⁉」

今までの警戒からは考えられないような雑な動作に、アルベールが声を荒らげる。

だが、ここまでに何もなかったんだ。即座に命を奪うような仕掛けが講堂の入口にあるとは思わなかった。

案の定、俺は何事もなく講堂へと足を踏み入れる事ができた。

「成程、これは聞きしに勝る美しさだ。これが『神の狗《いぬ》』か！」

と、同時に、講堂に高らかに声が響いた。

よく通る——音感には自信はねえが——テノールだ、少しだけ高めの男の声。

思い切り機嫌の悪さを込めて、壇上——声の主がいる場所を睨《にら》みつける。

そこに立っていたのは、フード付きローブを着込んだ長身の男だった。

……流石《さすが》に見覚えがあるぜ、『月の神々』の奴らが着るローブだ。

「予定じゃあ超満員の観客の中挨拶をするつもりだったんだがね、随分こんな状況に慣れているじゃあないか、なあ『神の狗』――いいや、ミレーヌ＝ペトゥレの方がいいかな？」

「てめえらにどう呼ばれようと気にしやしねえよ」

俺の名前を知っているとなりゃ確定だ。

やり方はペールマンとは似ても似つかねえが、コイツも『月の神々』の一員――それも、幹部クラスのヤツだろう。

静かに感じる魔力と、隙のない佇《たたず》まいはくぐった修羅場の多さを悟らせる。

「しかし解せねえな。こんな事をして何の意味がある？　俺を狙うにしたって、学園の奴らを狙うにしたって、もっと効率のいい方法があったろう」

「ははっ！　それをキミが言うのか！　……なるほど、面白いキャラクターだね。異常なほど荒事に慣れていると見える」

何がそれほど面白いのか。胸を押さえて面白くてしょうがない、とでも言いたそうに男は笑う。

こっちはちっとも面白かねえ。

「想像以上だよ。この世のものとは思えないほど整った顔に、アンバランスなまでの凛々《りり》しさときたもんだ。――美しいじゃないか。キミほど美しい存在は初めて見たよ」

「……そりゃどーも」

「その美しさに敬意を表して、疑問に答えてあげよう」

だが、コイツもペールマンと同じようにお喋《しゃべ》りは好きなようだ。

宗教家ってヤツは、喋るのが仕事だってくらいによく喋る。

「――と言っても、大した意味はないんだよね。僕はキミの亡骸《なきがら》を持ち帰る事を目的にこの学園に来たんだが――何やら面白そうな催しが行われているのを見てね、貴族のご子女に面白い戯曲を一つプレゼントしようとしただけさ」

言っている事の意味が分からないまでがセットのようだが。

まったくヘドが出る。大人しくしていてくれるのが此方《こちら》としちゃ一番ありがたいってもんだ。

「ありがた迷惑だね。ゴミの引き取りは承ってないぜ」

「そう言うなよ。これでもちょっと前は天才劇作家として名を馳《は》せていたんだぜ？　……おっと、そういや自己紹介を忘れていたね」

へらへらとした笑いが鼻につく。

顔を顰《しか》めたまま、男がフードを取り去るのを見ていると、暗闇の奥から現れたのはそこそこの色男だった。

「俺はヴィクトー。ヴィクトー＝ルドランド。元劇作家で、俳優で、今は『月の神々』の大師を務めている」

男は自らを『ヴィクトー』と名乗り、そして肩書を名乗った。

「そりゃ盛りすぎなんじゃねえのかい」

「ははっ！　好奇心旺盛な方でね」

名前を聞いてもちっとも分かりゃしないが、節操のないヤツだという事だけは今ので十分に理解した。

「ヴィクトー……？」

……だが、少々思っていたのとは違った展開になってきた。

信じられないといった様子で、アルベールがその名を呟《つぶや》く。

「知ってんのか」

「……はい。本人が言う通り、天才として名を馳せた劇作家です。ですが……」

言いよどみつつもアルベールが語ったところによると、どうもまるきり自称というわけでもないようだ。

しかし重要なのはそこじゃない。イカれ野郎が過去に劇作家をやっていただなんて情報はどうでもいい。

「……彼は、演劇の最中《さなか》に行った大量殺人を理由に投獄されていたはずです。劇作家としてよりも、殺人鬼としての名の方が有名なくらいですよ」

「少し耳に痛い言葉だが、かのイルタニア王子が俺をご存じとは光栄だね」

——殺人鬼。教師に比べりゃ、いかにもってヤツが出てきたモンだ。

投獄されていた、って事は、何処《どこ》かで脱獄でもしてきたのだろう。——恐らくは『月の神々』の手引で？　……いや、そこまで決めつけるのは早計か。

「ナルホドね。回りくどいやり方だとは思ったが、それも『劇作家』の性分とやらってトコか？」

「その通り！　いいね、芸術にも明るいと見える。教養もあるとは素敵じゃあないか？」

「けっ、生憎《あいにく》芸術はからきしだ。てめえの言ってる事も何一つ理解できねえや」

嬉《うれ》しそうな顔をするヴィクトーとやら。だが同類とでも思われちゃ困る。

……しかし、コイツは他の『月の神々』の奴《やつ》らとはちょいと違うな。

奴らから俺に対する軽蔑やら嫌悪《けんお》感という感情が見られない。……だからなんだという話だが。ハッキリと『ぶっ殺しに来ました』と宣言されてるんだ、此方としちゃそれなりの土産を持ってあるべきところに帰ってもらう他はない。

それが監獄か、冥土かはコイツの態度次第だが。

「……ちっ、まあいい。俺に用があるんだろう？　とっととやろうぜ」

魔力を纏うと、力の余波で風が吹き荒れる。

無駄に長引かせてややこしい事になるのはゴメンだ。なるべくさっさと終わらせたい。

……武器がありゃ良かったんだがな。流石にお店屋さんごっこの日に必要になるとは思わなかったんで、仕方がないだろう。

「おお、勇ましいね。戦乙女の如《ごと》くだ、やはり俺の予感は間違えていなかったね」

「てめえらのカミサマの力は借りなくていいのかよ？　遠慮なしに行くぜ」

拳を握り込んで、いつでも飛びかかれるように構えを変える。

「おいおいせっかちだな。……ま、いいだろう。引っ張り過ぎも滑稽というモノだね」

困ったように笑って、ヴィクトーは腕を掲げた。

魔術かと思ったが――違う。代わりにただ、高らかに指を鳴らした。

違うな、これは合図だ。

講堂の舞台袖から、一人の男が現れる。坊主《ぼうず》頭の、筋骨隆々の男だ。

……仲間がいたってワケか。見たところ、このハゲもそこそこやりそうだ――と。

『敵』の戦力を測る最中、眼に飛び込んできたモノを見て、俺は自分の眼を疑った。

「……っ、ミレーヌ……」

『月の神々』の新手は、一人の少女を連れていた。

ふわふわとした柔らかそうな髪の毛を揺らす、小柄な少女を。

「メリッサ……!?　てめえ、どうしてここに……っ！」

「キミ達の姿を捜して廊下を歩いていたんだ。そこで、彼女がキミと親しかったと報告を受けていたのを思い出してね。この戯曲の登場人物になってもらう事にしたんだ」

メリッサ＝テュリオ。ようやく打ち解けた『イルタニアの巫女《みこ》』が、敵のその手に落ちていた。

「おのれ、人質とは卑怯《ひきょう》な……！」

憤《いきどお》りからコレットが叫ぶ。

だが気にした様子もなく、ヴィクトーが手を広げる。

「おいおい、早とちりをしないでくれよ。そんなクソみたいな、穴だらけの脚本を俺が書くわけがないだろう?」

試すようにヴィクトーが俺を見ると、視線が集まる。

俺は、答える代わりに舌打ちをしてみせた。

「だろうね。これは嬉しい誤算だったんだけど、そこのお嬢様はそんなに愚かな人間じゃない、非常に合理的な考えをお持ちだ。つまり——彼女を人質にしたところで、自分の死後友人の無事が保証されるわけではないと気がついている。要はこの場で彼女に人質としての価値はないって事だよ」

……ヴィクトーの言う通りだった。

メリッサを人質に、言われるがままにしたところで、コレットやアルベール、メリッサの命が保障されるわけではない。

だったら俺は、メリッサを見捨ててでもこの優男をぶっ飛ばしてコレットやアルベールの命を確実に守る方を選ぶ。

「……ね？　だからさ……舞台装置じゃあない、彼女にもこの戯曲の登場人物として動いてもらう事にしたんだ」

ヴィクトーが手招きをすると、大柄な男がヴィクトーの下へとメリッサを引き連れて近づいていく。

自分の下へと連れられてきたメリッサに、ヴィクトーは手をかざす。その手に——恐らくは雷《いかずち》の——魔力が宿る。

メリッサの瞳が、恐怖で見開かれた。

「妙なマネすんじゃねえッ！」

……確かに、いざとなりゃあ俺は命の取捨選択をする。それは間違いねえ。

だがだからといって、身の回りのやつをタダで見捨てるほど達観しているわけでもなかった。

腕に魔力を集めて、壇上のヴィクトーへと飛びかかる。

「あっ……あ、ああああああッ⁉」

だが、遅かった。ヴィクトーの手が激しく発光すると、メリッサは叫び声を上げ、糸が切れた人形のように崩れ落ちる。

……クソッたれ。俺は舌打ちをしながらも、そのままヴィクトーへと拳を落とす。

「おおっと⁉」

だがヴィクトーは小さく地を蹴り、メリッサを突き放してから後方へと飛び退《の》いた。

目標のなくなった拳が行き場を求めるように地に落ち、木の床を砕き散らす。

間髪容《い》れずに、俺は回し蹴りを放った。しかしこれも、ヴィクトーは側転をしながらひらりとかわす。

「てめえはもう許さねえぞキザ野郎……！」

怒りを隠す事もなく、視線に乗せて叩《たた》きつける。

戦闘において、怒っていてもいい事はない。魔力というやつは心の力に応じて増すとはいうが、そんなモノは吹き荒れる暴風と同じ、大きな力もコントロールできなければ意味はない。

だからこそ、今は心の底じゃ落ち着いていた。怒るのは一度、嘆くのは後でいい。

コイツを殺さないと、その感情に意味を与えられない。

「おお怖い。だが少々早とちりがすぎるな。いいのかい？　そんな怒る程度には親しみを感じていたんだろう？」

しかし、へらへらと笑うヴィクトーにそう言われて、足元のメリッサに視線を落とす。

眼を瞑《つぶ》るメリッサは、呼吸で僅かに胸を上下させていた。

――生きている！　思わず身を屈《かが》めて、その体を抱え上げた。

「ドライかと思ったら、結構仲間想《おも》いじゃないか」

挑発するような言葉には耳を貸さず、しかし敵の動きからは視線を外さず、メリッサの無事を確かめる。

恐らく受けたのは電撃の魔術だ、詳しいダメージがどの程度かは分からないが、今のところ呼吸もあるし致命的なダメージを受けたようには見えない。

……だが、何故《なぜ》生かしておいた？　ヴィクトーは自らを『大師』と名乗った。ペールマンと同等程度の力があるのならば、あの一瞬でメリッサを殺すのは容易《たやす》かったはずだ。

「ますます気に入ったよミレーヌ。『月の神々《かれら》』はヘドが出ると言うだろうけど、劇作家という職業柄かな、俺はキミのようなヒロイックな人物が結構好きなんだ。……だからこそ、こういう手が効くってワケだしね」

「……？　てめえ何を言って――ッ⁉」

故に、気がつくべきだった。

わざわざメリッサを生かして俺の下へと返す、その意図に。

「あ、アアアアアアアッ！」

耳元で、劈《つんざ》くような女の悲鳴が聞こえる。

「ミレーヌッ！」

「ミレーヌ様！」

同時に、コレット達の叫びが聞こえる。

咄嗟《とっさ》にその二つを結びつけたのは、カンというほかないだろう。

突き動かされるように向けた視線の行き先は、敵に対してではない。その手に抱くメリッサへと。

そこには、魔力を張《みなぎ》らせて、むき出しにした爪を振りかぶるメリッサの姿があった。

「――ッ⁉」

手を放し、顔を逸《そ》らす。魔力の刃《やいば》と化したメリッサの腕が、一瞬遅れて俺の頭があった場所を通過した。

頬に一筋の朱が走る。

油断していた、気づくのが一瞬遅れていたら、二度と見られねえようなツラになっていただろう。

受け身も取らず、腕を振ったままの体勢で床に打ち付けられるメリッサ。だが、意に介した様子もなく、灯火《ともしび》のようにその体を揺らめかせる。

「ふーっ！　ふーっ！」

立ち上がったメリッサは、歯をむき出しにし、押し出すように息を吐き出している。

その表情に浮かべるのは激しい怒りだ。まるでケモノだ。いいや、見るからに理性を失った状態はケダモノと分けて表現するべきだろうか。

「コイツは……!?」

「ははッ！　お気に召したかな！　本能をむき出しにし、限界以上の力を引き出す『脳繰《のうくり》糸《いと》』だ！　仲間を見捨てる事はできても、殴る事はできるかなッ!?」

……信じられねえ事だが、メリッサはヴィクトーの魔術で操られているらしい。

そんな魔術は見た事も聞いた事もない。

「アアアッ！」

「ちっ……！」

だが、現実にこうして、あのメリッサが殺意を溢《あふ》れさせて襲いかかってくるのだ。見たままの事が起きていると受け入れるしかない。

動物のように力任せに爪を振るうメリッサ。限界以上の力を引き出す、というのもフカシではないらしい。訓練で見た時のそれよりも遥《はる》かに早い速度と、力強い魔力を感じる。

その代わり、動きは極めて単純だ。眼に映る『敵』にまっすぐ向かうだけの、反射的な動き――避《よ》けるのは、呼吸と同じくらいに容易い。

「ぎっ……!?」

それも邪魔が入らなければのハナシだが――！

突如、脚に激痛が走る。毒針を刺されたみたいな痛みだ。痛みの起点から、体中に灼《や》ける痛みが閃《ひらめ》く。

これは経験がある。雷の魔法によるダメージだ。

「てめえ……っ！」

「俺の事も忘れちゃ困るよ。まるきり眼中にナシというのも、それはそれで妬《や》ける。……ま、彼女に手こずる気持ちは分かるがね。凄《すさ》まじい魔力は流石《さすが》『イルタニアの巫女』ってところかな？」

当然、メリッサと遊んでいる隙だらけの俺を放っておくわけはない。

そうする間にも力任せに腕を振り回してくるメリッサが襲いかかり、ヴィクトーが雷の針を飛ばしてくる。

「ミレーヌ！」

「メリッサさんは、ぼくらが――」

メリッサを任せられれば、それが一番楽だが――

「させると思うか？」

敵はまだ一人いる。

筋骨隆々の男が、アルベールとコレットの前に立ちふさがった。

扱いはヴィクトーの使い走りといったところだが、その佇《たたず》まいと目つきが相当できるヤツだと自己紹介をしている。

笑えちまうくらいに悪い状況だ、クソッたれ！

「クソッ！　眼《め》を覚ましやがれ……！　いぎッ！」

力任せのメリッサの攻撃は、タダじゃあ受けられねえだけの威力は持っている。

避けるのは容易いが、その隙にヴィクトーが的確に攻撃を浴びせてくる。

「……ッ」

「ちっ、重いな……！　アルベール、無理をするなよ！」

そして、救援も期待はできない。

アテにしていたワケじゃあねえが、アルベールとコレットも二人併せりゃ相当のモンだ。

それが、二人がかりでいい勝負だってのは誤算だった。

大柄な男が、剣を打ち払うとその威力で防御したコレットの体が揺れる。魔力の量的に、アルベールがこれを受けるのは難しいだろう。となると、コレットが受けアルベールが決めに行くという、普段とは逆のコンビネーションが要求される事になる。

なんとか、埒《らち》を明けなきゃならねえ。

「悪く思うなよ！」

それにはまず、メリッサを寝かしつけなければならない。

手加減をしつつ、顎に拳を打ち込む。頭を揺らして意識を奪う、それが最もスムーズな方法だと判断したからだ。

だが――

「クソ、大人しく寝てろってのに……！」

「ははッ、無駄だよ！　強烈な覚醒状態だ、滅多な事じゃ意識を失わない！」

愉悦に歪《ゆが》んだ声を張り上げながら放たれる、雷《いかずち》の針をかわす。

クソッたれな事に、コイツは遊んでいやがる。

その気になれば、俺を殺すような一撃だって放てるはずだ。にも拘《かか》わらず、それをしないのは――

「止めるのならば殺すのが手っ取り早いぜ！　あるいは、脚をふっ飛ばしてしまってもいいんじゃないかな！　なにせ痛みも感じないからね！」

俺がメリッサを手にかけるという『物語』――ヤツの言葉で言うならば『喜劇』を求めているからだ。

こうなると、それだけはしてやりたくねえという意地も生まれてくる。あるいは、意固地になるのさえも狙っているとしたら大したもんだが――

「ぐっ……！」

相変わらず飛んでくるのはいやみったらしい『針』だった。暫《しばら》くは嬲《なぶ》り者にして楽しむつもりなのだろう。

しかしコイツはよろしくない。なにせ打開する方法が思い浮かばねえ。

このままの状況を続けていれば針で突くようなダメージもバカにならない。気まぐれを起こされたら今すぐ終わりだ。

何か手立てはないか。本当に〝最後の手段〟を選ぶしかないのか――？

「ミレェェヌッ！」

痛みに耐えるように眼を細めると、講堂中に怒号が響く。

意識だけを傾けて、コレットの言葉を待つ。

「必ず、私達がなんとかする！　だから信じて耐えろ！　皮肉でも言いながらな！」

「……！」

激しい打ち合いによる金属音を混じらせて聞こえてきたのは、耐えろという要求だった。

簡単に言ってくれる。自分達も既に精一杯でひいこら言っているだろうによ。

だが信じろとは――中々悪くねえ口説き文句だ。

「……ちっ、こちとらいいトコのお嬢さんだ、あんま長く待たせせんじゃねえぞ！」

「中々面白い冗談を言うな！　それでいい！」

前の歴史じゃ、職業柄集団行動は多かったが、思えば誰かを信用するという事はなかった気がする。

最後の最後に頼れんのはてめえだけだと、そうやって『最後』まで生き抜いてきたが

――二回も人生やってんだ、今までやらなかった事をやってみるのも面白いかもしれない。

振り下ろされる爪を回るように避けて、その勢いで放たれた雷の針を弾《はじ》く。

魔力で手を保護しても、魔法弾の威力と電撃で手が痺《しび》れた。

剣がありゃもう少し楽だったんだろうが。未練がましく愚痴を思いながらも、口角は釣り上がっていた。

苦手だと思っていたただ待つってのも、意外に悪くはなかったからだ。

「なるほど、そう来るか！　やはりキミは退屈しないねミレーヌ！　それだよ、その混沌《カオス》こそ本当の物語だッ！」

「うるせえ。面白くもねえ三文芝居を書きやがって」

そうだ。怒るな、焦《あせ》るな。戦いってのは軽口を叩《たた》くくらいが丁度いい。

メリッサの動きを肌で感じつつ、ヴィクトーの放つ魔力に意識を傾ける。

無駄を省き、一つの動きは次の動きへ、流れるような継ぎ目のない回避を意識する。

図らずも、それは――

「美しい……！　まるで舞！　極限まで無駄を排した完成品というのは、かくも――ッ！」

舞踏のようになっていた。

勝手に盛り上がっていやがるキザ野郎にはムカついたが、これならなんとかなりそうだ。

「もっと、もっとだ！　ああ、何か新しい境地が見えそうだ――！　そうか、これは演劇と音楽の融合を――！」

一つ一つのステップに合いの手を入れるように、雷が爆《は》ぜる。

ヴィクトーの昂《たか》ぶりによるものか、雷は槌となって轟音《ごうおん》を撒《ま》き散らすようになる。

心底最低な合いの手だ。言っている事とやっている事はまるで逆、これを舞台とするならば、演者に石を投げつけるような行為じゃあねえのか。

だが、高まった集中力が、魔力の走りを肌で捉えていた。突き動かされるようにカラダが動く。

……なるほど、コツが分かってきた。

継ぎ目なく動く無形の舞。獣の体術に通じるモノがある。今まではどう効率よく相手を殺すかという動きだったが――回避を重点に置いた防御、こういう使い方があるとは新しい発見だ。

とはいえそれもヤツが癇癪《かんしゃく》を起こせば終わりだ。この講堂ごと吹っ飛ばすような魔術だって撃とうと思えば撃てるはず。

そうなる前に――横目でコレット達の様子を窺《うかが》う。

大男の攻撃をコレットが受けつつ、風の魔力で舞うアルベールが果敢に斬りかかっている。

できればヴィクトーが癇癪を起こす前にあのハゲを倒して、メリッサを任せられりゃあぐっと状況がよくなるのだが。

しかし、それをさせるまいとヴィクトーが勝負を決めに来るかもしれない。

「大師……！　これ以上は抑えきれません、決着をお急ぎください！」

「……うるさいなあ、今いいところなんだよ！　邪魔をするな、今、俺は新しい演劇の形へと繋《つな》がる扉を開こうとしているッ！」

……しかし、そうはならなかった。

『月の神々』にしちゃおかしいところはあるが、このヴィクトーという男も十分に変人だ。いや、狂っていると言うべきか——あるいは、それこそが、それのみが奴《やつ》らの共通点なのかもしれない。

——少し、目が見えてきたぜ。

今暫く、この遊びに付き合ってやるとしよう。

「がッあ……！」

「ああダメだよミレーヌ！　そこじゃない、もっと美しくスマートにだ！」

とはいえ正しく閃くような速度の攻撃を避けるのは、容易《たやす》い事じゃない。

時折更に威力を増した雷槌《らいつい》が体を打つ。

だが耐えられる。その先に可能性があるとさえ分かっていれば。

……『無駄な努力』の虚《むな》しさはよく知っている。だからこそ、ただ待てばいい。

小さな芽がやがて実を結ぶ事を知っているのならば。

「くっ……ヴィクトー大師ィ！」

「あー、うるさいうるさい。キミも『月の神々』の一員ならどっしり構えていろよ。予測のつかない展開もまた『混沌《こんとん》』なんだろう？」

コレット達が押しているのだろう、ハゲの声からは余裕が消えている。

強くなったとは思ったが、アルベール達の成長は予想以上だったようだ。

それでもヴィクトーはこっちにお熱のようで、部下の事など気にかけてはいないようだ。

「おいおい、いいのかよ？　てめえの部下だろう」

「ははッ、元々信仰心は薄くてね！　僕はただ美の極点を見たいだけ、キミとのこの一時に比べれば全てがカスだよ！」

「貴様、大師でありながらそのような……ッ！　イルタニアの狗《いぬ》に与《くみ》するなどォ！」

最早《もはや》『月の神々』の二人の部下と上司という関係は崩れ去ったようだ。大柄な男が呪詛《じゅそ》のように悪態を吐《つ》くが、ヴィクトーはまるで気にした様子はない。

少なくとも、ヴィクトーは目的が一致していたから月の神々に身を置いているというだけのようだ。目的が一致するという時点でマトモな人間じゃあないのは確かだが。

「くそッ、くそッ！　一国の王子ともあろうものが女の影に隠れてちまちまと！」

「人質を取るような人に誇りを説かれたくはありませんね！」

「──それに、我々はいずれ王となる者だ。最も賢いやり方をするのが、義務なのさ」

「持てる手札は何でも使え。それがミレーヌ様の教えです！」

苦し紛れの悪態にも、アルベールとコレットはさらりと返す。

剣が打ち合う音は激しさを増していき──そして。

「おのれイルタニア！　おのれヴィクトー！　貴様ら全員、地獄に落ちろォ！」

遂《つい》にその時が訪れる。

残念ながら俺に分かるのは音と声だけだ。

──風が吹き荒れる音と共に、断末魔の叫びが聞こえてくる。

決着だ。

「ミレーヌ様！」

「此方《こちら》は終わった！　メリッサを引き受けよう！」

「助かる……！」

勝利に拳を突き上げる間もなく、俺の両隣を通り抜けてコレットとアルベールがメリッサの前へ立ちふさがる。

二人の体には幾つもの傷が刻まれ、そして消耗から激しく肩を上下させていた。

それだけの戦いがあったのだろう。後で武勇伝を肴《さかな》に酒でも飲みたいもんだが、この国は未成年の飲酒には厳しいのが痛いところだ。

しかしその前に――美味《うま》い酒を飲む前には、一仕事片付けなきゃならねえのがお決まりだ。

視線をヴィクトーへと向ける。

未だ壇上から俺達を見下ろしていたヴィクトーの顔が、痛烈な笑みに染まった。

「――素晴らしい。なんて美しい物語だ。涙さえ浮かんでくるよ」

言葉のとおりに眼《め》を潤ませながら、手を叩くヴィクトー。

この男にとって、これまでの全ては自分の作った劇を見ているだけだったのだろう。

――そして、これからも。

余裕綽々《よゆうしゃくしゃく》といった態度は、事実余裕から生まれたものだ。

奴はまだ本気を出していない。ならば今までのは文字通りに前座なのだろう。

「ズゥリ＝ディエンよ！　俺に力を貸せッ――！　共に、最高最期《さいご》の物語を作り上げよう……！」

『神の力』で全てを台無しにする第二幕。それこそが、ヤツの目的だ。

鳥人の描かれたメダルを掲げると、雷光がヴィクトーの体から溢《あふ》れ出てくる。

吹き荒れる嵐が収まると、そこには一見変わった様子のないヴィクトーが立っていて、ゆっくりと瞳を開いた。

……見た目の変化は髪を逆立てたくらいだが、眼を真っ赤にしたペールマンの方がよっぽど大人しかったぜ。

「さあ第二幕だよ。唐突に訪れる死、それこそが最も圧倒的で、美しい現実《リアル》さだ」

貴人の手を取るように手を差し出すヴィクトー。

圧倒的な魔力を前に、俺は頬の血を指で拭ってみせる。

「てめえのそれもカミサマの力を借りてるってヤツか。の割には捧《ささ》げものが足りないようだが」

「ああ、ペールマンさんのコトかい？　それだったらカミサマとの相性があるようでね。俺と『ズゥリ＝ディエン』は格別相性がイイみたいなんだ。気のいいヤツでね、頼めばこうして力を貸してくれる」

……なるほど、要はカミサマと仲がいいほど気楽に力を貸してくれるってワケだ。

ペールマンも浮かばれないな。眼を潰して得る力よりも、ちょっと貸してくれってなモンで借りる力の方が強いってんじゃあんまりだ。

「そうかい」

だがそんなのはどうでもいい。

こんなモンはちょいと聞いてみただけだ。お喋《しゃべ》りなんで喋ってくれたが、別に聞けなくてもどうでもいい。

「……随分アッサリだね。力の差が分からないキミじゃないだろう？　諦念……じゃあないな。キミはそういうヤツじゃない」

「よくご存じじゃねえか」

「へえ？　何か勝算でもあるのかな」

「ンなモンねえよ。ただな……」

「……ただ？」

まさに神の如《ごと》き力を得たからか、ヴィクトーは幾分か落ち着いた声で語りかける。

言う通り、力の差は分かる。だが諦めた訳でもない。

敵がどうだろうと関係ねえ。

単純なハナシだ。絶ッッッ対にぶん殴らなきゃ気がすまねえ。

何がどうだろうと、キザな笑みを作るその頬に思いっきり拳を打ち込む。

それが、決定事項だからだ。

早い話が――

「てめえだけは、絶対に許さねえ……！　何があっても気が済むまでぶん殴ってやる！

それだけだッ！」

人質を取ろうとする姑息《こそく》さに、遊びでメリッサと争わせる陰湿さに、チクチク攻撃してくれやがったしつこさに！

キザなツラに、芝居がかったセリフに、クソつまらねえ『脚本』に！

天井をぶち抜いて頭が灼《や》けるほどに――

「完ッ全にキレてんだよ、俺はなァ！」

――ブチギレていた。

相手がなんだろうが上等だ、二度と達者な口が回らねえようにブチのめしてやる！

怒りを体現するように両拳を握り込み、魔力を振り絞る――！

具現化した、白い魔力が立ち上り、末端が紅《あか》く燃える炎に変わる。

その色はまるで――

「……スルベリアの色の魔力――！　おいおいこの土壇場《どたんば》で『神降ろし』をやってのけたってのかよ！　とことん素晴らしいなッ！」

スルベリアの花のごとく。

怒りに呼応して——いいや、それだけじゃない。『何か』の力が流れ込んでくるかのごとく、凄《すさ》まじい力が湧き上がってくる。

自分でも疑問に思い、力を確かめるべく手を開き、握った。

何やら興奮したヴィクトーが叫んでいるが——『神降ろし』だと？　……何がなんだかよく分からねえが、これなら行けるかもしれねえ。

「……覚悟はいいかよ、キザ野郎」

「——ははッ！　いいとも、二人で美の極点に昇りつめよう——！」

興奮に声を上ずらせながら、ヴィクトーは両腕を広げる。

ただ静かに、俺はそれを冷めた眼で見つめた。

第十四話　神話

爆発的に膨らんだ魔力がせめぎあいを続け、鉄のヤスリをこすり合わせるような音が響く。

神の力を降ろしたというヴィクトーと、俺はにらみ合いを続けていた。

「来ねえのか」

痺《しび》れを切らし、問いかける。するとヴィクトーは口角を上げて答えた。

「それくらい警戒してるのさ。気を抜いたら一瞬で終わってしまいそうだからね」

なるほど、いきり立って襲いかかってきたペールマンとは違って、随分と落ち着いているようだ。

攻撃的に逆だった髪の毛とは対照的に、むしろさっきよりも落ち着いているように見えるのは、一体どのような作用によるものか。

どちらにせよ、一筋縄ではいかないという事が分かった。

我を忘れて突っ込んできてくれりゃあ、対処は随分と楽になったのだと思うが。

そういう意味でも、この男がペールマンより格上である事が窺《うかが》い知れる。

観察を続ければ他にも色々と分かってきそうではあるが――

「キミこそ、いいのかい？　消耗戦になれば、キミの方が不利になると見受けるけれど。このまま時間切れっていうのはあまりにもつまらない結末になると思うんだが」

どうも、俺の魔力は無尽蔵ってわけにはいかないようだ。それでも、普段から比べれば限りなく無限に等しい力にさえ感じるが。

時間切れはつまらない。そうはいいつつも、ヴィクトーはそれを辞さない構えだ。となると、俺の方から動く他なさそうだ。

まあいい。得体の知れない力が急に湧き出てるって状況だ、探り探りやっていくとしよう。

掌《てのひら》の上に魔力の弾を生成する。握りこぶし程の大きさだが、小さな太陽を持っているような熱を感じていた。

それを、無造作に投げつける。さあてどう出るか。

ヴィクトーの立つ場所へ、破壊のエネルギーが襲いかかるその瞬間――

「……ちっ」

肩に僅かな痛みを感じ、視線を動かした。薄皮一枚だが、切れている。僅かに走る痺れと合わせて考えれば間違いない、ヴィクトーの力だろう。

背後の気配へと振り返ると、そこには飛びかかった獣のような体勢のヴィクトーがゆっくりと立ち上がりながら、此方《こちら》に視線を返すところだった。

……速いな。眼で追うのは不可能だ。正しく稲光が走るかのごとく、初動さえも感じ取れないほどの速度だ。

「ははッ、マジかよ？　今のでカスリ傷とはね」

想定外だったのは向こうも同じようだ。

驚愕《きょうがく》の中に愉悦を浮かべ、歯をむき出しにしている。

いいや、牙か。僅かではあるが、身体的な変化も現れているようだ。

まあ、それは些細《ささい》な事だ。人間じゃああありえないような魔力を纏《まと》ってるんだ、中身が魔物――いや、邪神とあっちゃ外見に意味などない。

ひたすらに冷えた心で、拳を握る。

見えねえほど速いのは分かった。それなら他にやりようを考えるだけだ。

攻撃の意思を見せると、ごく僅かにヴィクトーの視線が動く。同時に、顔を横へズラすと髪が僅かに切れて落ちた。

視線の動きと魔力の感知で事前に攻撃を察知する。雷《いかずち》の魔術使いと戦う時の基本だ。

「おいおいおい、どれだけ修羅場をくぐってるんだよ。キミ、何者？」

まあそれを知っているヤツはそう多くないだろうが。

冷や汗混じりに問うヴィクトーだが、答える義理はない。

それより――

まだ、拳を打ち込んでやるっていう誓いは果たしてねえ。身を軽く、地を蹴り駆ける。

「つれないね！」

軽口を叩《たた》きながら雷の魔力を充填するヴィクトー。

この感じは先程の高速移動だ。

ただし、俺がより強い魔力を纏っているのを感じたからか、向かってくる気配が見えねえ。

その体が淡い紫色に光り、そして手を叩くような音を残して消失する――

だが、視線と魔力の走りでその行き先が分かった。正確な位置は分からないが、方向だけ分かりゃ十分だ。

「くたばれッ！」

拳に溜《た》めておいた魔力を弾として発射する。方向だけ分かっていれば、飛び道具ならば近かろうが遠かろうがさほど問題はない。

た。

「なっ……！」

面食《めんく》らったのか、声を詰まらせながらもヴィクトーは腕を交差し、そこに魔力を纏わせた。

接触した光の魔力の弾が、激しい発光とともに爆《は》ぜる。

さて、普通なら体ごとケシ飛んでいてもおかしくはない、腕の一本二本は持ってって当たり前という威力があったはずだが――

「やるね……！」

ダメージは見えるが、傷はなかった。

常識はずれの魔力だ、こんなもんだろう。

むしろ、防御姿勢を取った状態にダメージを与えている現状が異常なのだ。

とはいえこの状態がいつまでも続くとは思えない。自分でも信じられないほどの力を感じるが、出力も桁外れだ、なるべく早く決める必要がある。

爆炎の奥から姿を現したヴィクトーに、指を立ててみせる。

意図が分からず、疑問を顔に浮かべるヴィクトー。

「……！　くく、面白いじゃないか……！」

だがその指をゆっくりと裏返し、動かして見せると、すぐさま獰猛《どうもう》な笑みを浮かべた。

来い。こんなチマチマしたやり取りを望んでいるわけじゃあねえだろう。『演劇』を望むのならば、より面白くしたいはずだ。

──雷の魔力が充填される。

どうやら──

「ミレーヌ、ミレーヌ、ミレーヌッ！　ああキミは、なんと素晴らしいんだッ！」

考えた通り。ヴィクトーはクライマックスをお望みのようだ。

雷の爆ぜる音と共に、目の前に拳を振りかぶったヴィクトーが現れる。

身を屈《かが》めながら、俺は腕を構えて拳打を防ぐ。

同時に、矢を引き絞るかのように空いた腕を腰に構えた。

「っだらァ！」

「がはっ……！」

がら空きの腹部に拳が刺さる。突き抜けた衝撃が景色を揺るがせる。

……痛みは感じているみたいだな。ペールマンと似た事をしていても、色々と別物ってワケだ。

だとすると、キザな外見に似合わず我慢強いヤツだ。今頃地面を転げ回りたいくらいにひでえ気分のハズだが──

ヴィクトーの体に魔力が宿る。危険を感じて咄嗟《とっさ》に飛び退《の》くと、目の前まで雷の壁が迫ってきた。

「ゲッホ！　ぺっ……反応がいいね……！」

血反吐《ちへど》を吐きながらも瞳は笑みに歪《ゆが》んでいる。

これはこれで随分とイカれた野郎だ。立っているのもキツいだろうに、反撃の魔術までも放ってくるとは。

今の俺なら一発くらいはどうって事なさそうだが、髪の毛は面白くされちまいそうだ。

……どうも、今ので火が付いたらしい。ヴィクトーの顔から笑みが消える。

ここからは遊びは無さそうだ。

ヴィクトーに紫電の力が満ちる。集中力を高めて、ヴィクトーの視線を追う――右！

「……!?　ぐあッ！」

弾《はじ》ける音と同時に、全く逆の方向から電撃に晒《さら》され、苦痛から声が漏れる。

体中を焼けた針が通るような痛み――！　一瞬気をやりそうになるが、怒りが体を支えた。

クソったれめ。野郎、フェイントを入れやがった……！

「くくっ、反応の良さがアダになったね」

だがそう来るなら話は別だ。

――極論、相手がどれだけ速かろうと一対一の戦いなんざウラのかきあいだ。

そうなりゃ喧嘩《けんか》の領分だ。コイツに関しては負けるわけにはいかない。

「……っ、不死身かよ！」

痛みを気にせず殴りかかると、ヴィクトーが驚愕の声を上げる。

そりゃあ驚くだろう、それをされちゃ困るからな。

見たところ、ヴィクトーの瞬間移動は連続では使用できないようだ。はじめから、そういう風に作っていないからだ。

超高速、超電撃の必殺の一撃だ。絶対に避けられない、絶対に耐えられない一撃を放つのだから『次』を考える必要があるはずはない。

最初の斬撃のように軽い攻撃ならばある程度小回りが利《き》いても、仕留めに行くような一撃ならば『充電』を使い切ってしまうのだろう。

それもごく僅かな時間で再充電されてしまうが――

「さっきから細々やりやがって――！　冗長なんだよッ！」

こっちが堪《こら》えてなけりゃ、攻撃の後の隙は無視できないくらいに大きい。

驚愕に見開かれるヴィクトーの瞳。それは、迫る俺の拳をしっかりと捉えていた事だろう。

頬に突き刺さった拳が、整った輪郭を歪ませる。頬が波打ち、歯が飛び出す。凝縮された時間の中で衝撃の伝わりを見ながら、俺は思い切り拳を振り抜いた。

「ぐっ……がっはぁ⁉」

冗談みたいな勢いでヴィクトーの体が飛んでいく。

講堂の壁に強く打ち付けられて、壁が割れた。

普通ならまず生きちゃいないだろうが――

「ぐ、ふぅ……っ！　まだだ、まだ終わっちゃ勿体《もったい》ない……っ！」

まあ立つだろうな。

だがようやく顔をぶん殴ってやれて、スカっとしたぜ。

あとは決着を付けるだけだ。

静かに、睨《にら》みつける。眼を見開いたヴィクトーが、再び笑みを浮かべた。

「ああ、なんて、素敵な――！」

だらりと腕を垂らしながら体を揺らすと、その身体《からだ》に雷の魔力が満ちる。

破裂する風船のようだ。過剰に溜め込んだ魔力が、その身体に赤い雷のような不吉な線を走らせる。

目一杯以上に魔力を蓄えると、ヴィクトーの姿が爆ぜて消えた。

「ハアアアアアアアッ――――！」

その瞬間、目の前にヴィクトーが現れる。その勢いのまま、歓喜に満ちた絶叫と共に、拳が突き出された。

メチャクチャな間合いのとり方だ、避けられねえ……！

――が、腕は届く！　突き出される拳を頬に受けながら、俺も同じように拳打を返してやった。

お互いの身体が拳の威力にのけぞる。大きく頭《かぶり》を振って踏みとどまると、ヴィクトーもまた同じようにしていた。

「くたばれッ！」

「ぐぁがっ……！」

一瞬だけ復帰の早かった俺が、先に腹に拳を突き入れた。

折れるヴィクトーの身体。下がった頭に蹴りを入れようと大きく足を振り上げる。

が、革靴は空を切った。視線の奥、離れた位置にヴィクトーの姿が見える。『瞬間移動』だ。

しかし、それが仕切り直しにならない事を俺は知っていた。

先程、ヴィクトーは限界以上に魔力を取り込んでいた。

つまり、まだ『充電』が残っている――！

次の瞬間には、振り上げた脚を掴《つか》まれていた。

そのまま、力任せの勢いで俺の身体が振り上げられる。

まるで枝でも振るうみたいに、俺の身体は地面に叩きつけられた。

「がっ、は……！」

かろうじて頭だけは守るが、背から打ち付けられた肺が潰れて呼吸ができなくなる。

苦痛を感じるのも束《つか》の間《ま》、再び身体が振り上げられた。

次を食らったらマズい――！　咄嗟に、掴まれているのとは逆の脚で、今度こそ頬に蹴りを打ち込む……！

「ぐお……」

うめき声を上げると共に、拘束が緩んだ。

ヴィクトーの手から滑り落ちた俺は、ゆっくりに感じる落下の中でなんとか地面に手を突き、跳ね起きる。

「ゲッホ、ゲホ……！」

潰れた肺が必死に息を取り込もうと、混乱している。

呼吸ができない地獄の苦しみの中で、それでも俺はヴィクトーへと向かった。

「ミレ……ッ」

一方で、ヴィクトーもまた息さえままならないようだ。

恐らくは俺の名前を呼ぶも、それさえ途中で途切れさせる。

俺はフラつきながらも駆けて、倒れ込むように真正面から鼻っ柱に拳を叩《たた》きつけた。

「ぶっ、がッ！」

「ハァー、ハァー……！」

気の利《き》いた皮肉でも言いたかったが、体中の器官が空気を取り込むのに必死だった。

これ以上は流石《さすが》に死んじまう。追撃を諦めて、俺は呼吸を整えるのに全意識を集中した。

血のアーチを描きながら、ヴィクトーが倒れ込む。

流石にくたばれと思ったが、まだヴィクトーは立ち上がるようだった。

「すーっ……はーっ……」

だがお互いにもう長くはない。

戦いの最後の瞬間を予感して、深く呼吸を入れる。

「ミレーヌ、ミレーヌっ……！　最高だ……ッ！　キミという存在に、キミとの出会いに、感謝が止まらない！」

「けっ……そりゃ、一体誰に感謝するんだ。てめえらのカミサマか？」

「さあ⁉　俺ももう分からないよ！　キミか、あるいはキミを作った神様か！　もう誰でもいい！」

ヴィクトーが両腕を掲げると、そこに紫電の魔力が集まっていく。

……これは想像以上にヤバいな。

「アルベール！　コレット！　メリッサを引っ張って俺の後ろに来い！」

ヴィクトーを見据えたまま、声を張り上げた。

コトは一刻を争う。無茶を自覚しつつも、そうしてくれるという前提で魔力を練り上げる。

「いきなり無茶を言うな⁉」

「な、なんとかします！　コレット皇女！」

「……ああくそ、任せろ！」

あれこれ聞かずに言うとおりにしてくれるのは助かる。

あとは、その分の働きに答えるだけだ。

ヴィクトーの魔力は、既に学園ごとぶっ壊せるような量が溜《た》まっている。

それが雷の速度で打ち出されるとなったら避《よ》けられないし、防げば——仮に俺が無事でも、その他の全ては何も残らないだろう。

避けられず、防げない。ならどうするか。

真っ向から打ち破る他ない。

「うぅーっ……！　ふーっ！」

「ええい大人しくしろ！　ミレーヌ！　此方《こちら》は準備ができた！」

「上等だ！」

コレット達は、なんとか言うとおりにしてくれたようだ。背後に暴れまわるメリッサの声が聞こえる。

となりゃ、俺もその働きに応えねばなるまい。

海の向こうの剣士が鞘《さや》の中の剣を構えるように、姿勢を取る。

無手ながらに剣を摑むように手を形作り、そして——

「——！　光の、剣……!?」

「ああミレーヌ様、なんと神々《こうごう》しい……！」

その手に、魔力で剣を生み出した。

剣の形をした光を押し固めるように凝縮し、剣の鋭さを、堅牢《けんろう》さを作り上げる。

やがて、そこには白金に朱を混じらせた光の剣が生み出されていた。

その輝きが、魔力を込めるごとに力を増していく——!

「ケリつけようぜ」

「……!　キミは何処《どこ》までも……!」

ヴィクトーの顔が歓喜に満ちる。

大概コイツもワケの分からないヤツだった。

メリッサをけしかけるような卑怯《ひきょう》者かと思えば、いくらでもあったチャンスをフイにしやがるし、『月の神々』の活動にもそれほど精力的ではないと見える。

と思えばペールマンよりも奴《やつ》らの崇《あが》める神に好かれているようであるし、キザなヤサ男かと思えば真っ向からのぶん殴り合いにも応じてみせる。

そうして、最後は『いっせーの』だ。とことんもってよく分からないヤツだ。

「さあフィナーレだ!　最も美しいこの瞬間に幕を閉じようッ!」

しかしそれももう終わりだ。魔術を完成させたヴィクトーが歓喜に打ち震え、吟ずるように叫ぶ。

こちとら、いい加減この三文芝居にも飽き飽きだ。

幕を引くというのならば喜んで付き合ってやるとも。

「三文芝居も——」

光り輝く剣が更にその力を増す。
剣を握る拳を、固く引き締める。
「これが結末だ――！　『ジー・ヴァン・レイ』！」
そして放たれる破局の雷光。
視認さえままならないはずのそれを、俺は捉えていた。
その時既に、剣は振るわれ始めていた。
燕《つばめ》が空へ駆け上るように、講堂の床を切り抜けながらハネ上がる――！
「これで終わりだ――ッ！」
人一人呑《の》み込んで余りある、極太の雷へ、放たれた光の斬撃が向かう。
紅《あか》い光を内包する斬裂《ざんれつ》の力は、刹那の間に破滅の力と相対し、そして――
雷光を、二つに切り裂いた。
二つに分かれた雷光は切り上げられた勢いで上へと逸《そ》れながら通り過ぎ――
一拍の後、断末魔の如《ごと》き凄《すさ》まじい轟《とどろ》きを響き渡らせた。
超高速で飛ぶ光線だ、恐らくはここから離れた遥《はる》か上空で爆発したのだと思う。
だがこれで終わりじゃない。
相殺《そうさい》しきれなかった光の剣はヴィクトーへと向かっていき――

「くっ……ぐああああああああっ！」

その身を激しく打ち付けた。傷口から激しい光があふれ、その光は一瞬の後、収まり――

「……はっ、は……」

立ち尽くし、受け入れるように両腕を広げたヴィクトーが残る。

……一瞬の静けさの後、ヴィクトーは崩れ落ちるように膝を突き、そして倒れ臥《ふ》した。

――決着だ。

「ふうー……っ」

疲れから、尻もちをつくように腰を下ろす。

わざとらしいくらいに思い切り息を吐《つ》くと、何かが抜け落ちたように急激に体が重くなった。

流石に今回は疲れたぜ……

「ミレーヌ様……！」

「ミレーヌっ！」

が、まだまだ騒がしくなりそうだ。覆いかぶさるように抱きついてくるコレットに押し倒されないよう力を込めて、今にも涙をこぼしそうなアルベールに向けて親指を立ててみせる。

それで感情が堰《せき》を切ったのか、コレットに遅れてアルベールまでも飛びついてきた。

まったく、鬱陶《うっとう》しいったらありゃしない。でもまあ無茶に応えてくれたってのもある。

今回くらいは見逃してやるか……

と、思っていたのだが。

「いや待て、お前らメリッサはどうした⁉」

恐らくはヴィクトーに操られたままのメリッサの存在を思い出す。

流石に今の体力で好き勝手暴れられたら手に負えねえぞ……！

「ああ、それならヤツが倒れると同時にメリッサも倒れたよ」

「少なくとももう暴れる事は無さそうです」

「そうなのか？　それなら……良くねえよ。ちょっとこっちに持ってこい」

だがそのあたりはちゃんとしているようだ。

いや、一回動きが止まったからって安心できるとは限らないだろ？

アルベールに指差しで指示して、メリッサを運ばせる。

手元に運ばれたメリッサの様子を見てみると——穏やかに息をしていた。

一見寝ているだけに見える。……瞼《まぶた》を開いて眼の動きを見ても、どうにかなっちまってるヤツの特徴は出ていない。まあ戦場で動けるかどうかをみるだけの知識だ、大丈夫かどうかは後で専門家に見せないと分からないだろうが——ひとまず命の危険は無さそうだ。

「はーっ……」

ゆっくりとメリッサを横たえて、もう一度大きくため息を吐き出した。

ようやく終わった……いや、まだ終わってないかもしれない。

「よっこいせ……っと」

「ジジくさいな。せっかく美人なのだからもう少し気を配れ」

「今更だろ、うるせえな」

膝に手をついて立ち上がる最中《さなか》、コレットに所作を咎《とが》められるがそんなもんどうでもいい。

倒れ伏すヴィクトーへと向かい、蹴り転がして仰向《あおむ》けにさせる。

逆立った髪は戻っており、魔力も最早《もはや》感じない。

「くく、く……まさかこんな幕切れだなんてね……予想外だよ……」

それでも、ヴィクトーは生きていた。まったく、どいつもこいつも丈夫にできてやがる。

「言い残す事はあるかよ」

「いや。いい劇だった。……予測不可能の現実は、斯《か》くも美しい……」

この期《ご》に及んでスッキリと全てを尽くしました、みたいに爽やかでいられると脱力する。

「はあー……まあいい。もうてめえとお話しすんのは沢山だ。衛兵にコッテリ絞られてきな」

「そうなったら死刑だよ。そんな終わりもまた趣があるけどね」

……ったく、素直に勝ったー！　って気分にさせてくれないもんかね。

とはいえどうやら自分で死ぬ気もなさそうだ。あとで監獄で色々聞くとしよう。

の前に――ヴィクトーが首に下げているメダルをむしり取る。

少なくともコイツが関係しているのは間違いなさそうだ。あの力を発揮する前に明らかに、コイツが力を放っている。断定はできないが、コイツを奪っておくだけでもいくらか安心できるだろう。

「おお……よく見てるね……」

「こちとらこの先もてめえらみてえなのと戦わなきゃならないんだ、いくらか見て学ぶさ」

「ハハ……それをこの眼で見られないのが残念だ……」

ケッ、と喉を鳴らしながら、メダルに眼を落とす。

ペールマンが言う『ディア＝ミィルス』とやらは角を持つ蛇だったようだが、コイツの

『ズゥリ＝ディエン』とやらは鳥人のようだ。性根の悪そうなツラだが。

「美しいキミの物語が続くよう、一つだけ助言をしよう……」

「……」

うわ言のように喋《しゃべ》るヴィクトーへ視線を移す。

皮肉……って感じじゃあねえな。どうやらエラいもんに気に入られちまったみたいだが、情報はありがたい。

「キミの敵は強大だ……中でも『餓狼《がろう》』と呼ばれるものには気をつけろ」

「餓狼だぁ？」

無視を決め込むつもりだったが、思わず聞き返す。

ヴィクトーは口の端を笑みに歪《ゆが》めて、続けた。

「よくは分からないが、彼らにとって切り札となり得る存在らしい……下手をすれば、世界をまるごと消してしまえるそうだ」

世界をまるごと、ね。眉唾もんだが、覚えておこう。

「そうはならねえさ」

「ほう、何故《なぜ》だい……？」

「そうなる前に俺がてめえらのカミサマをぶん殴ってやるからだ」

「……ハ！　そうだ、それでこそ、キミ、だ……」

俺の答えに満足気に笑ってから、ヴィクトーは気を失った。……後は監獄で、だな。

二日酔いみてえな足取りで歩み、再びコレット達の下へと座り込む。

俺もこのまま寝れたら楽なのだが。

勢いよく、講堂の扉が開く。そこには、学園の教師が衛兵を引き連れて立っていた。

そこら中魔術札だらけなのに不用心じゃあねえか、とは思うがそれを言うのも面倒だ。

現に、何も仕掛けていないわけだし――

「ミレーヌくん……!?　それにアルベール王子、コレット皇女も……！」

徐々に事態を理解しつつも、王族の揃《そろ》い踏みに問題児を加えた面々に震える教師陣。

大きくため息を吐いて、頭を掻《か》く。

「あー……ごきげんよう？」

面倒臭さから、俺は投げやりにそう言葉をかけるのだった。

エピローグ　お嬢様はグーで行く

「ようやく終わりましたわ……」

とある休日の午後。

机に思い切り突っ伏したいのを我慢して、俺は代わりに小さくため息を吐き出した。

同じテーブルに着くコレットが笑い、アルベールは苦笑する。

至賢祭の爆弾騒ぎから、そろそろ一週間が経過しようとしていた。

教師や衛兵による事情聴取からようやく解放された第一声が、これである。

場所が食堂でなけりゃ終わったぞコンチクショウ、くらいは言ってやったのだが——ティータイムを楽しむべく休日でも開放されている食堂じゃ、残念ながら開放的にはなれないようだった。

「お疲れ様でした、ミレーヌ様」

「敵を倒した当事者という事で、事情聴取やら表彰やら立て続けだったからな。私も鼻が高い！」

「他人事《ひとごと》のようにおっしゃいますのね……」

恨みがましい視線を向けてみるが、コレットはからからと楽しそうに笑っている。

どうも、俺が困っているのを楽しんでいるフシがあるような気がするのだが——

「はあ……恨み言を言っても仕方ありませんわね」

ならばなおの事、平気でいなければコレットを楽しませるだけだ。

切り替えると、コレットは納得したように威勢よくうむ！　と頷《うなず》いた。

「今日はせっかくの日ですし、明るく行きましょう」

「仰《おっしゃ》るとおりです、ミレーヌ様。そろそろ来ると思うのですが——」

そう、今日は『せっかく』の日だ。

長ったらしくいやみったらしい事情聴取が終わる日でもあり、なにより——

「ごめんなさい、お医者さんから説明を聞いてたら、遅れちゃった」

治療を終えたメリッサが帰ってくる日でもある。

辛気臭いのは忘れて、パーッとやりたいモンだ。

酒でも飲めりゃ、否《いや》が応《おう》でも明るくなるってモノなのだが、それがないんじゃ気分を盛り上げていく他ない。

「メリッサさん。もう大丈夫なのですか？」

「しばらくは辛《つら》かったけど、大丈夫。三日くらいは、動くのも無理だった……」

あの後——ヴィクトーとの戦いを終えた後。

操られて限界以上の力を引き出されたメリッサは、全身の筋肉の断裂と過剰な魔力の欠乏症とで病院に引き取られていった。

それでも腕のいい医者がいたらしく、体の方も魔力の方も無事に治療が終わったらしい。

わっと明るくなるアルベールとコレットの笑い声の中、メリッサは俺を正面から見据えて、穏やかに笑ってみせた。

◆

それから暫《しばら》くは、苦労自慢だ。

「そ、そんな風に暴れていたの……!?」

獣のように暴れまわるメリッサがどれほど凶暴だったか、それをとっ捕まえるのが如何《いか》に大変だったかを語るコレットだったり——

「うう……それは想像したくないですね……」

重症のメリッサが病院で過ごした最初の三日間がどれほど過酷だったかだったり。

ここにいる全員、なんかしらの苦労をしたのだ。武勇伝を語りたくなる気持ちもよく分かる。

それを微笑《ほほえ》ましく見ていたのだが――

「そういえば、まだお礼を言ってなかった。……ミレーヌ」

「……如何《いかが》なさいました？」

改まった様子で、メリッサが真《ま》っ直《す》ぐに視線を向かい合わせてくる。

今までになくしっかりとした正面からの視線に、息を呑《の》む。

小さく息を吸って、呼吸を整えてから、メリッサは微笑んだ。

「助けてくれて、ありがとう。今わたしがここにいられるのは、あなたのおかげ」

心からの礼。だが俺は、その視線から眼を逸《そ》らした。

「……一度は見捨てようとした上ですから、お気になさらず」

結果的には助かったものの、一度は『合理的』な考えを通そうともしたからだ。

しかしメリッサはゆっくりと見せつけるように首を振る。

「それでも、結局は諦めずに、戦ってくれた。あなたは、わたしの命の恩人」

眼を逸らしたまま言葉を聞いた。

それきり押し黙るメリッサにつられてアルベールとコレットも息を呑み、沈黙が訪れる。

たっぷりとそうしていた後に――俺は、呆《あき》れたようにため息を吐き出した。

「……そのお言葉、一応は受け取っておきますわ」

真剣な表情で俺を見つめていたメリッサが、手を合わせてぱっと笑みを浮かべる。

……まったく、どいつもこいつも貴族ってのは頑固な奴《やつ》らだ。

そんでもって、どこかお人好《ひとよ》しだ。そんな奴らが――

表情を隠すように口へ運んだティーカップを、皿に戻す。

……いいさ、認めちまおう。

こんな何でもない時間が好きだ。こいつらに対して、俺は特別な感情を覚えている。

アルベールに道を誤らせたくない、コレットと敵対したくない、そしてメリッサをこの手にかける事はしたくない。

俺自身が手を汚す事は、多分この先ないのだと思う。だが、そうさせたがっている奴らがいる。

そうならないために――

「……皆さんに、一つお願いがございますの」

俺は、そうさせたがっている奴らを――『月の神々』を潰したい。

そのためには、俺一人じゃ手が足りない。コレット達の力が必要だ。

鋭く研ぎ澄ました瞳に、各々《おのおの》が神妙に頷いた。

「……ありがとうございます」

静かに眼《め》を閉じる。

さあて、何から話そうか。

色々と言いたいコト、言わなきゃならんコトは多いが――

「私と一緒に、悪い神様の頬をぶん殴ってはくれませんか？」

まずは、そっからだ。

なんだかよく分からねえが、この世界にちょっかいを出そうとしている奴らがいる。

そいつらを軒並みぶん殴ってやらなきゃ気がすまない。

「……それは、グーか？　パーか？」

ニヒルな笑みを浮かべて、腕を組んだコレットが喉を鳴らす。

少しだけ考える素振りを見せる。

答えなんざとっくに決まってらあな。

「勿論《もちろん》、グーですわ」

――手を膝に組み、できる限り淑《しと》やかに笑って、俺は答えた。

あとがき

まずは『サベージファングお嬢様《じょうさま》』第二巻を手にとってくださりありがとうございます、赤石赫々《あかしかっかく》です。

イラストレーターのかやはら様、担当編集の方、出版に関わってくださった方々、そしてこの本を手にとってくださった皆様に深く感謝を致します。

……いつもよりも、七割増しほどで。

というのも、今回ものすごい難産でして……ただでさえ遅れ気味なペースが完全に遅刻となっての仕上がりとなりました。

そのため予定していた進行よりも大幅に遅れてしまいながら、あとがきの執筆という現在を迎えております。

いつも以上に色々な人にご迷惑をおかけしての刊行に胸が痛い……！　ですが、そのぶんいい加減な品質のまま世に送り出す事は避けられたと思っていますので、謝罪以上に感謝をさせていただきました。

ちなみにですが、あとがきを書いている今、私の住んでいる地域は緊急事態宣言が解除された直後だったりします。

まだまだ気は抜けないけれど、発表される感染者数が減っていたりするのは嬉《うれ》しいですね。このまま、世の中が明るくなっていく事を祈りつつ、今回は筆を置く事と致しましょう。

それでは、またお会いできる事を願っております……！

赤石赫々

お便りはこちらまで

〒一〇二－八一七七
ファンタジア文庫編集部気付
赤石赫々（様）宛
かやはら（様）宛

富士見ファンタジア文庫

サベージファングお嬢様《じょうさま》2

史上最強《しじょうさいきょう》の傭兵《ようへい》は史上最凶《しじょうさいきょう》の暴虐令嬢《ぼうぎゃくれいじょう》となって二度目《にどめ》の世界《せかい》を無双《むそう》する

令和3年11月20日　初版発行

著者――赤石赫々《あかしかっかく》

発行者――青柳昌行

発　行――株式会社KADOKAWA
〒102-8177
東京都千代田区富士見2-13-3
0570-002-301（ナビダイヤル）

印刷所――株式会社暁印刷

製本所――本間製本株式会社

※定価はカバーに表示してあります。
●お問い合わせ
https://www.kadokawa.co.jp/（「お問い合わせ」へお進みください）
※内容によっては、お答えできない場合があります。
※サポートは日本国内のみとさせていただきます。
※Japanese text only

ISBN978-4-04-074326-4 C0193

切り拓け！キミだけの王道
ファンタジア大賞
原稿募集中！
賞金
《大賞》300万円
《金賞》50万円
《銀賞》30万円
選考委員
細音啓「キミと僕の最後の戦場、あるいは世界が始まる聖戦」
橘公司「デート・ア・ライブ」
羊太郎「ロクでなし魔術講師と禁忌教典《アカシックレコード》」
ファンタジア文庫編集長
前期締切 8月末日
後期締切 2月末日
公式サイトはこちら！ https://www.fantasiataisho.com/
イラスト／つなこ、猫鍋蒼、三嶋くろね